普及类古籍整理图书专项资助项目

名家视角

明清诗精选

钱仲联 编选

凤凰出版社

已无法挽救前后七子派的摹拟颓风。到万历中叶，王、李的气焰渐熄，公安派起而倡言排击。此派以袁宗道、宏道、中道称为三袁，而以宏道为中坚，其诗变板重为轻巧，变粉饰为本色，天下耳目一新，靡然从风。其流弊为轻为俳，欲匡救前后七子之失，而力量转有不逮。于是钟惺、谭元春又出而救公安之弊，号竟陵派。其诗转趋冷寂幽隽一路，流弊又入于纤僻。评论家如钱谦益诸人又斥之为鬼趣，为亡国之音。显非的论。而此时程嘉燧、曹学佺诸人，转有清新雅秀的佳构。特别是阮大铖，其五言古近体胎息陶、韦、王、孟、谢翱，其诗近代名家陈三立标为五百年作者，章太炎以为"榷论明代诗人，如大铖者鲜矣"，以为不当以人废言。然七子衣钵，明末仍有继承。以陈子龙为首的几社作者及夏完淳，以其炽烈的爱国精神，为明代诗歌谱下最后的光辉篇章。

清代诗歌大不同于明代。它是学古而非摹古，后期还超越了学古而从事革新。所谓穷则变，变则通，"望今制奇，参古定法"(《文心雕龙·通变》)，清诗适应此规律。在总结明代复古逆流经验的基础上，在继承前代遗产的实践上，在二百六十多年社会现实的土壤上，开拓出了超明越元、抗衡唐宋的新局面。

清诗在初期，正当沧桑变革，国内民族矛盾尖锐的时代，出现了许多杰出的作家作品。诗歌理论家，则有钱谦益、黄宗羲、王夫之诸人，他们在学古上反对墨守唐人，提倡宋诗，提出许多宝贵的意见，给明代诗风以大力的扫荡，对清代诗风的转变作出了贡献。爱国的遗民诗人数以千计，其作品又有不同的风格特色，如江南顾炎武诗质实浑厚；钱秉镫、吴嘉纪白描朴素；岭南屈大均奇诡驰骋，富有浪漫精神，而其反映现实，各具真面目，突出爱国精神则一。向来称为开国宗匠的钱谦益、吴伟业，虽因降清而削减身价，但对清初诗坛的影响却大于遗民诗人。谦益在降清后又反清，大量作品激越苍凉，民族意识颇强烈。伟业创造梅村体，名篇络绎，号称一代诗史。谦益领袖诗坛，对清初许多重要诗人都有影响，给他们的诗集作序，为之论定。特别是王士祯，因得谦益的揄扬，继谦益而起，逐渐成为康熙时期诗坛的领袖。由于清初这一诗风的转变和作家作品的巨大成就，因而取得以后不断的发展。

王士祯主盟诗坛已在康熙盛世，与士祯齐名的有朱彝尊，号称南朱北王。两家稍稍恢复了明七子的路子，但已有新变，不像明七子的一味摹仿。康熙末、雍正、乾隆以后，迄于道光，清朝由繁华而逐渐转向下坡，大部分诗人着重在艺术上争巧，虽也有思想性较好的作品，但一般比较平常，缺乏清初的战斗锋芒。就风格流派说，倒是颇不寂寞，有王士祯为首的神韵派，沈德潜为首的格调派，袁枚为首的性灵派，翁方纲为首的肌理派等。以地域为区分的诗派，则朱彝尊、厉鹗为首的浙派独占上风。浙派中又以钱载为代表的秀水派为最著。不立宗派的，如黄景仁、宋湘、黎简诸家，为乾、嘉时期的射雕手。黎、宋同为广东人，而风格不同。黎镵刻奇秀，宋朴素拗折，与江浙诗人对树坛坫。而黎简又深服钱载，浙江的姚燮又倾倒黎简，受黎影响极深。宋湘的诗歌主张和性灵派相近，而自己的创作戛戛独造，却又近于钱载。四川的张问陶是继袁枚而起的性灵派中坚，舒位与王昙也是性灵派的流裔。清诗至此，品概渐卑，又到穷则变的时候。

道光年代，有祁寯藻与程恩泽二家倡导宋诗，陈沆也是独树一帜的名家。不落入性灵余派的泥坑，而力挽狂澜，开创新局面者，则推龚自珍。龚死于鸦片战争爆发的次年，中国诗歌的主题也与鸦片战争以前划分了一个时代。龚自珍不同于同时期的学古诗人，他的诗大量作于鸦片战争以前，是真正具有独特面目的清诗。

鸦片战争诗歌不是一种流派，作者是分属于各种不同流派的诗人，作品注入了时代精神的新内容。它的爱国主义的特色，表现了中华民族与列强侵略者的矛盾，从而决定了这一时期及以后的清诗不同于前代。后期清诗，流派众多，有提倡汉魏六朝和盛唐的湖湘派，其首领为王闿运；有提倡南北宋的宋诗派，较先有郑珍、莫友芝、何绍基、江湜；稍后有同光体诗人，包括江西派的陈三立，闽派的郑孝胥，浙派的沈曾植以及不属这三支的范当世、俞明震、陈曾寿、夏敬观等；有兼采唐宋的一派，代表为张之洞，门下有樊增祥、易顺鼎；有西昆派，其代表有李希圣、曾广钧；最为重要的则有以黄遵宪、丘逢甲、康有为、梁启超为代表的诗界革命派。湖湘派、同光体、西昆诸人，不同蹊径，都重视学古，但他们也有思想性较好的作品。晚清诗歌受龚自珍的影响较大，诗界革命派、南社都不例外，连同光体的沈曾植也推崇龚氏为奇才，为数百年所仅有。

在诗歌体式中，清代也有新的发展，如梅村体不同于唐代的长庆体；姚燮、金和诸人长篇乐府歌行，前人未有过；钱谦益《投笔集》连续叠杜甫《秋兴》至十三叠之多；《己亥杂诗》、《咄咄吟》等大型七绝组诗；钱谦益黄山诗，姚燮四明、普陀诗，刘光第峨眉诗等都是数十首为一组的山水诗，也都越出古人范畴。至于风格的多样性，更不同于明人的千篇一律。一代诗人仅是收于《晚晴簃诗汇》的便有六千一百多家，接近于《全唐诗》所收诗人的三倍。这一庞大的存在，决定了清诗在中国诗歌上的地位。

现在选这部明清诗选，除了选收《圆圆曲》、《圆明园词》、《度辽将军歌》代表三大历史时期有诗史价值者的三大长篇外，都是短篇。这里，一要选入尽可能多的各时期、各流派的代表作家；二要选入代表某一作家的风格特色、主要成就的作品；三要照顾到各大家以外的脍炙人口的名篇；四要体现各个历史时期的重大历史事件，如清前期的抗清、晚清的历次反帝斗争及国内革新运动等。这样，选入的诗虽仅仅是一百篇，却概括了明清诗歌的全貌，一勺水可以尝大海味。

编选体例，按照丛书的总体例。品评基本上在五百字左右，个别字数较多或较少的，是按有话则长、无话则短的原则处理的。

一九九二年于苏州大学中国近代文学研究所

目 录

刘 基(1311—1375)

字伯温,青田人。元进士。明洪武中,官至弘文馆学士。封诚意伯。谥文成。有《覆瓿集》、《写情集》、《犁眉公集》。其诗与高启诗并称明初开国宗匠。潘德舆曰:"诚意之诗苍深,非以诗为诗者,而其诗境直黄河、太华之高阔也。""岂惟明一代之开山,实可跨宋、元上矣。"

绝 句

人生无百岁,百岁复如何?
古来英雄士,各已归山阿。①

【注释】

①山阿:山曲。指坟墓所在。

【品评】

此诗写志士的愤慨。沈德潜评曰:"悲咽。"第一句从《古诗十九首》的"生年不满百,常怀千岁忧"化出。接着说"百岁复如何",用诘问句式,深入一层,增强了人生感慨的表达力量。后半首申足前意。著名的苏轼《前赤壁赋》有一段绝妙好辞说:"'月明星稀,乌鹊南飞',此非曹孟德(操)之诗乎?西望夏口,东望武昌,山川相缪(liáo),郁乎苍苍,此非孟德之困于周郎者乎?方其破荆州,下江陵,顺流而东也,舳舻千里,旌旗蔽空,酾(shī)酒临江,横槊赋诗,固一世之雄也,而今安在哉!"这诗后半，形象地概括了苏轼的赋意。特别是刘基本人，就是辅佐朱元璋扫荡群雄、成就统一大业的英雄士，在这里发抒的悲慨，便不是一般文人的无病而呻了。

高 启(1336—1374)

字季迪,长洲人。明洪武初,与修《元史》,授翰林院编修,擢户部侍郎,辞,放还。以魏观事坐法死。有《大全集》。纪昀曰:"启天才高逸,实据明一代诗人之上。""其摹仿古调之中,自有精神意象存乎其间。"

悲 歌

征途崄巇,[①] 人乏马饥。富老不如贫少,美游不如恶归。浮云随风,零落四野。仰天悲歌,泣数行下。

【注释】

①崄巇(xiǎn xī):山路险峻崎岖,喻人事艰险。

【品评】

此诗慷慨悲愤,首二句从旅途的艰苦写入。接着以"富老"与"贫少"对比,"美游"与"恶归"对比,得出前者不如后者的结论。言为心声,高启于壮年擢户部侍郎时,辞官不就,放还。正与诗句抒发的情绪合拍。"浮云"二句,遥承"征途崄巇,人乏马饥"而来,作自然景象的比喻。最后突现了"仰天悲歌,泣数行下"的作者形象。潘德舆《养一斋诗话》云:"青田'人生无百岁……',青丘'征途崄巇……',此二诗殆不知有魏、晋,无论宋、齐以下,彼其胸中岂复有摹拟仿佛之念滓之哉!李(梦阳)、何(景明)杰作不少,如二诗则无矣,此即优劣之分也。"

袁凯

字景文，华亭人。洪武举人，荐授监察御史，以病免归。有《海叟集》。沈德潜、周准云："李献吉（梦阳）谓：海叟诗法子美。何仲默（景明）谓：歌行得杜之体。鄙意伤于平直，未极变化。"

京师得家书[①]

江水三千里，家书十五行。
行行无别语，只道早还乡。

【注释】

①京师：指南京。

【品评】

唐人五言绝句的佳作，往往自然真切，不假雕饰。后人能达到这种境界的，并不多见。袁凯这一首，通篇紧扣家书说，增减一字不得，纯用白描，恰到妙处。家书只劝早早还乡，与袁凯以病免归的情事极合。沈德潜、周准评曰："天籁。"

题李陵泣别图[①]

上林木落雁南飞，[②]万里萧条使节归。[③]

犹有交情两行泪，西风吹上汉臣衣。④

【注释】

①李陵：汉将，击匈奴，兵败投降。其友苏武，汉武帝时奉使匈奴，被拘留，置于北海。李陵降匈奴后，曾与苏武会见，劝武降，武不从。昭帝即位后，匈奴与汉和亲。汉求武等，匈奴诡言武已死。后汉使再至匈奴，原随苏武出使之吏常惠夜见汉使，教使者责问匈奴单于，说汉天子在上林苑中射猎，得雁，足有系帛书，言武等在某泽中。单于大惊，向汉使谢罪，说武等实在，乃放武归汉。事详《汉书·李广苏建传》所附苏武传中。苏武传记载李陵送苏武归汉诀别时情况云："于是李陵置酒贺武曰：今足下还归，扬名于匈奴，功显于汉室，虽古竹帛所载，丹青所画，何以过子卿。陵虽驽怯，令汉且贳陵罪，全其老母，使得奋大辱之积志，庶几乎曹柯之盟（指陵欲劫单于如曹刿劫齐桓公柯盟的事），此陵宿昔之所不忘也。收族陵家，为世大戮，陵尚复何顾乎？已矣！令子卿知吾心耳。异域之人，壹别长绝。陵起舞，歌曰：'径万里兮度沙幕，为君将兮奋匈奴。路穷绝兮矢刃摧，士众灭兮名已隤。老母已死，虽欲报恩将安归？'陵泣下数行，因与武诀。"这就是《泣别图》的本事。　②上林：汉天子的园囿，在长安。这句事详注①。汉武帝刘彻《秋风辞》："草木黄落兮雁南归。"　③节：符节，使臣所执的信物。故古代称使臣为使节。《汉书·李广苏建传》附苏武传载："杖汉节牧羊，卧起操持，节旄尽落。"　④汉臣：指苏武。

【品评】

这是一首脍炙人口已久的名作。前二句概括《汉书》苏武传本事，为诗题应有的交代。用意在后二句，却不着议论，在生动的形象上体现，在交情泪吹上汉臣衣上显示。王世贞评云：

“颇见风雅。”沈德潜、周准评云：“词婉意严，李陵之罪自见。汉臣二字，《春秋》之笔。”潘德舆《养一斋诗话》云：“斧钺寓于缠绵，极耐寻讽，高出《白燕》诗百倍。”《白燕》是袁凯成名之作，诗云：“故国飘零事已非，旧时王谢见应稀。月明汉水初无影，雪满梁园尚未归。柳絮池塘香入梦，梨花庭院冷侵衣。赵家姊妹多相忌，莫向昭阳殿里飞。”为杨维桢所叹赏，人呼为“袁白燕”。其诗亦有寄托，交织着沧桑之感、身世之感，结尤愤慨。这首绝句，主题不同，较胜于《白燕》，说高出百倍，则抑扬过甚。

于 谦(1394—1453)

字廷益,钱塘人。永乐进士。宣德时,官至兵部右侍郎、左侍郎、大理寺少卿。代宗即位,拜兵部尚书,加少保。英宗复辟,被害。万历中,谥忠肃。有《于忠肃集》。纪昀云:“谦诗风格道上,兴象深远,虽志存开济,未尝于吟咏求工,而品格乃转出文士上。”

咏煤炭

凿开混沌得乌金,① 蓄藏阳和意最深。
爝火燃回春浩浩,② 洪炉照破夜沉沉。
鼎彝元赖生成力,③ 铁石犹存死后心。
但愿苍生俱饱暖,不辞辛苦出山林。

【注释】

①凿开混沌:借用《庄子·应帝王》:“日凿一窍,七日而浑沌死。”浑同混。混沌,谓囫囵一块,这里指煤矿。乌金:本指墨,以其黑色,借称煤炭。 ②爝火:炬火。 ③鼎彝:古代青铜祭器的通称。

【品评】

这首咏物诗,是作者以煤炭自喻,托物明志,表现其为国为民的抱负。于写物中巧妙结合着咏怀。第一句咏煤炭点题。

第二句便正面抒怀，说这里蕴藏着治国安民的阳和布泽之气。“意最深”，特别突出此重点的深意。“春浩浩”承“阳和”来，“照破夜沉沉”，对照着写，显示除旧布新的力量。古人称庙堂宰相为鼎鼐，这里说宰相的作为，有赖于其人具有生成万物的能力，仍从煤炭的作用方面比喻。“铁石”句表示坚贞不变的决心，也正是于谦人格的写照。“但愿苍生俱饱暖”，从煤炭进一步生发，即杜甫广厦万间大庇天下寒士之意而扩大之。末句绾结到自己出山济世，一切艰辛在所甘心历之的本意，是说人，也切定煤炭。通篇寄托深远，而语言质朴明畅，无疑是于谦的力作。

石灰吟

千锤万击出深山，① 烈火焚烧若等闲。②
碎骨粉身全不怕，要留清白在人间。

【注释】

①“千锤”句：谓烧石灰的石头，从深山中开山取得。②“烈火”句：谓石头焚烧后始成石灰。

【品评】

这首同《咏煤炭》一样，是借物言志之诗。句句是石灰，句句是人。前二句就石灰的特征说人，“若等闲”三字，抒发了作者在危难面前的大无畏精神。“碎骨粉身全不怕”，承第二句来，之所以“全不怕”，是因有“若等闲”为之支柱。末句表示了丹心照汗青的高风亮节。于谦后来为国难献身，英勇牺牲的大节，此诗仿佛预先就表达了。语言明白，内涵深刻，其人与诗，两垂不朽。

李东阳(1447—1516)

字宾之,号西涯,茶陵人。天顺进士。历官少师兼吏部尚书,赠太师,谥文正。有《怀麓堂集》。沈德潜、周准云:“永乐以后诗,茶陵起而振之,如老鹤一鸣,喧啾俱废。后李(梦阳)、何(景明)继起,廓而大之,骎骎乎称一代之盛矣。”

寄彭民望①

斫地哀歌兴未阑,②归来长铗尚须弹。③
秋风布褐衣犹短,④夜雨江湖梦亦寒。⑤
木叶下时惊岁晚,⑥人情阅尽见交难。
长安旅食淹留地,⑦惭愧先生苜蓿盘。⑧

【注释】

①彭民望:名泽,湖南攸县人。景泰七年(1456)举人,曾任应天府(南京)通判。失意归乡,李东阳在北京寄此诗为赠。 ②斫地哀歌:语本杜甫《短歌行赠王郎司直》:“王郎酒酣拔剑斫地歌莫哀,我能拔尔抑塞磊落之奇才。”阑:尽。 ③“归来”句:《战国策》载齐人冯谖(xuān)寄食孟尝君门下,“左右以君贱之也,食以草具。居有顷,倚柱弹其剑,歌曰:‘长铗(jiá)归来乎,食无鱼!’左右以告,孟尝君曰:‘食之,比门下之客。’居有顷,复弹其铗,歌曰:‘长铗归来乎,出无车!’左右皆笑之,以告。

孟尝君曰:‘为之驾,比门下之车客。’……后有顷,复弹其剑铗,歌曰:‘长铗归来乎,无以为家!’左右皆恶之,以为贪而不知足。孟尝君问:‘冯公有亲乎?’对曰:‘有老母。’孟尝君使人给其食用,无使乏。于是冯谖不复歌”。 ④“秋风”句:《史记·孟尝君列传》:“今君后宫蹈绮縠,而士不得短褐。”短褐为古代之粗布衣,短,本是“裋”之借字。后代用“短褐”字,径作长短之“短”解。《史记·秦始皇本纪》索隐:“谓褐布竖裁为劳役之衣,短而且狭,故谓之短褐。” ⑤“夜雨”句:语本黄庭坚《寄黄几复》:“江湖夜雨十年灯。” ⑥“木叶”句:《楚辞·九歌·湘夫人》:“袅袅兮秋风,洞庭波兮木叶下。”杜甫《秋兴》:“一卧沧江惊岁晚。” ⑦长安:汉、唐之首都,在陕西。这里指北京。 ⑧先生苜蓿盘:苜蓿,菜名,饲马之料。陈造《谢两知县送鹅酒羊面》:“不因同里兼同姓,肯念先生苜蓿盘。”苜蓿盘,谓穷儒盘中之菜,极其寒酸。

【品评】

这诗是在彭民望失意沉沦归乡之时,作者于北京写成寄赠。诗中对彭民望的遭遇深表同情,对自己的无能为助则感到歉疚。风格苍凉沉郁,学杜甫而较近宋人,与明七子之呆摹杜甫者不同。前三句写彭民望于失意中豪兴不减。第四句、第五句折入岁晚归乡,紧承第二句。第六句慨叹人情世道,反衬自己对彭的友情。末二句表达力不从心之憾。通首一气呵成,极顿挫之致。《怀麓堂诗话》云:“彭民望始见予诗,虽时有赏叹,似未犁然当其意。及失志归湘,得予所寄诗曰:‘斫地哀歌兴未阑,归来长铗尚须弹。秋风布褐衣犹短,夜雨江湖梦亦寒。’黯然不乐。至‘木叶下时惊岁晚,人情阅尽见交难。长安旅食淹留地,惭愧先生苜蓿盘’,乃潸然泪下,为之悲歌数十遍不休。谓其子曰:‘西涯所造,一至此乎!恨不得尊酒重论文耳。’盖自是不阅岁而卒。伤哉!”读此,使人深味朋友之情。

唐 寅(1470—1523)

字子畏,号伯虎,吴县人。弘治举人。坐会试事下狱,放归。有《六如居士集》。寅以画名,亦能诗,王世贞称其诗“少时亦复玉楼金埒”。徐𤊹称其“诗虽不甚雅驯,而一段天然之趣,自不可及。自写胸次,非若组织套语者也”。

绝 句

青山白发老痴顽,① 笔砚生涯苦食难。
湖上水田人不要,谁来买我画中山!

【注释】

①老痴顽:《新五代史·冯道传》道答耶律德光,自云“无才无德,痴顽老子”。

【品评】

这诗自写生活的艰苦,第一句自嘲,第二句“笔砚生涯”引起画,“苦食难”说生活。后两句形象地紧贴第二句,抒发无穷感慨。潘德舆《养一斋诗话》:“唐六如诗‘青山白发老痴顽……’看似浅薄,实有无穷之味,自王、李、钟、谭作,此等遂成广陵散矣。六如又一绝云:‘乌衣深巷闭门居,满榻清风卧读书。藉问十年何所守?炊烟不继腹长虚。’六如负才落拓,而清苦如此,其品殊不可及。胸次极清旷,故脱口能有佳诗,非仓卒可袭也。”陈田《明诗纪事》云:“昌榖有《简伯虎》诗云:‘麻纸功名笑浪传，如今袖手了尘缘。交朋零落看书札，花月萧条问酒钱。数里青山骑犊醉，一床黄叶拥书眠。心期兀兀成幽病，谁与高人办草廛？'伯虎被祸后，生事寥落，卖画糊口。"与这诗参证，可以知人论世。

张　灵

字梦晋，吴县人。《存余堂诗话》："梦晋吴中名士，早岁功名未偶，落魄不羁，寄情诗酒间。"

对　酒

隐隐江城玉漏催，[1]劝君须尽掌中杯。
高楼明月笙歌夜，知是人生第几回。

【注释】

①漏：为古代计时之器，以铜受水刻节，昼夜百刻。见《说文解字》。

【品评】

首二句谓时光短促，人生须及时行乐。后二句谓人生有几度欢娱之时？高楼一层意，明月夜一层意，笙歌一层意，三者兼有，更为难得。主题仍是曹操诗"对酒当歌，人生几何"之意。但诗句写来高旷绝尘，无怨抑情绪，体现作者风流蕴藉的人格。朱彝尊《明诗综·静志居诗话》云："梦晋狂生，其画山水，足亚伯虎。《对酒》一诗，可称绝唱。"

王守仁(1472—1528)

字伯安，余姚人。弘治进士，官至南京兵部尚书，封新建伯，赠侯。谥文成。有《阳明全书》。守仁大儒，诗亦工。钱谦益曰："先生在郎署，与李空同诸人游，刻意为词章。居夷以后，讲道有得，遂不复措意工拙。然其俊爽之气，往往涌出于行墨之间。"

登阅江楼①

绝顶楼荒旧有名，高皇曾此驻龙旌。②
险存道德虚天堑，③守在蛮夷岂石城。④
山色古今余王气，⑤江流天地变秋声。⑥
登临授简谁能赋，⑦千古新亭一怆情。⑧

【注释】

①阅江楼：朱元璋当皇帝后，曾在南京城之西北狮子山顶建立此楼，宋濂作记。　②高皇：明太祖高皇帝朱元璋。龙旌：龙旗，指皇帝銮驾中的旗。卢照邻《结客少年场行》："龙旌昏朔雾。"　③"险存"句：《史记·孙子吴起列传》："武侯浮西河而下，中流，顾而谓吴起曰：'美哉乎！山河之固，此魏国之宝也。'起对曰：'在德不在险。'"《南史·孔范传》："长江天堑，古来限隔，虏军岂能飞度。"　④"守在"句：《左传·昭公二十三年》："古者天子，守在四夷。"晁错《论贵粟疏》："神农之教曰：'有石

城十仞，汤池百步，带甲百万，而亡粟，弗能守也。'"南京有石头城，亦称石城，左思《吴都赋》云："戎车盈于石城。"这里兼用两义，因明太祖建都南京。 ⑤王气：《吴志·张纮传》注引《江表传》："金陵地形有王者都邑之气。" ⑥江流天地：王维《汉江临泛》："江流天地外，山色有无中。" ⑦"登临"句：《诗》毛传："登高能赋，可以为大夫。"谢惠连《雪赋》："王乃歌《北风》于卫诗，咏《南山》于周雅，授简于司马大夫曰：抽子秘思，骋子妍辞，侔色揣称，为寡人赋之。"张铣注："简，牍也。" ⑧新亭：亭名，故址在今江苏南京江宁区南。《世说新语·言语》："过江诸人，每至美日，辄相邀新亭，藉卉饮宴。周侯中坐而叹曰：'风景不殊，正自有山河之异。'皆相视流泪。唯王丞相愀然变色曰：'当共戮力王室，克复神州，何至作楚囚相对。'"

【品评】

这首七律为阳明力作，古时诗评家所谓"响切光坚"者。一起高屋建瓴，俯瞰一切，统摄全篇，点明朱元璋建阁后于此登览。三、四两句发议论，天堑石城，切定南京。五、六两句，顿挫跌宕，全篇中警句。末二句抒感慨，因朱元璋建阁时南京是首都，到燕王朱棣南侵，建文失国，朱棣称帝，迁都北京。守仁到此，阁已荒凉，难免有沧桑之感，故用新亭之典作结。但用"千古"二字，则涵义较广，自三国孙吴至东晋、宋、齐、梁、陈，至五代南唐，都概括在内。这诗的起笔，工于取势，后来顾炎武七律《金坛县南五里顾龙山上有太祖高皇帝御题词一阕》起语云："突兀孤亭上碧空，高皇于此下江东。"可能借鉴于此，而更出蓝。"江流"七字，则宋琬《九日同姜如农王西樵程穆倩诸君登慧光阁饮于竹圃分韵》效之曰："江流日夜变秋声。"王、宋两家孰胜，可以比较。

李梦阳(1472—1529)

字献吉，庆阳人，徙扶沟。弘治进士，官至江西提学使。天启中，追谥景文。有《空同集》。梦阳为前七子的首领，倡言文必秦、汉，诗必盛唐。其诗形式摹拟，缺乏创新，为世诟病。杨慎、钱谦益贬斥之尤甚。然明清复古派仍推崇之。清末谭献犹云："吾观北地李梦阳，质有其文，始终条理，匪必智过其师，亦足当少陵之史矣。"可见其影响的久远。

泰　山①

俯首无齐鲁，②东瞻海似杯。
斗然一峰上，不信万山开。
日抱扶桑跃，③天横碣石来。④
君看秦始后，仍有汉皇台。⑤

【注释】

①泰山：在山东省中部，绵亘济南、泰安、历城、长清等市、区间，主峰在泰安市北。　②齐鲁：西周时二诸侯国，在今山东境内。　③扶桑：神木名，传说日经其上。　④碣石：古山名。在河北昌黎西北。《书・禹贡》："夹右碣石，入于海。"　⑤"君看"二句：秦始皇二十八年(公元前219)曾至泰山封禅。后来汉武帝也到泰山封禅，泰山极顶天柱峰有古登封台，今存石刻。

【品评】

泰山诗，自从杜甫写了五古一首以后，后人几乎难于着笔。李梦阳这首五律，居然力能扛鼎。一起便写出“登泰山而小天下”的俯视一切气概，说海水如杯之小，正是衬托出泰山之高。斗然一峰，指的泰山绝顶天柱峰。“日抱扶桑跃”，写日观峰观日的壮观，“抱”字“跃”字写日出动态逼真，“天横碣石来”，则横向拓开。末二句对秦皇、汉武的封禅迷信不悟加以嘲讽，然而意在言外，不是议论。通篇大气磅礴，与题相称。无怪沈德潜、周准赞叹着说：“四十字有包络乾坤之概，可以作泰山诗矣。”

秋 望

黄河水绕汉边墙，①河上秋风雁几行。
客子过壕追野马，将军弢箭射天狼。②
黄尘古渡迷飞挽，③白月横空冷战场。
闻道朔方多勇略，只今谁是郭汾阳。④

【注释】

①汉边墙：指甘肃一带的秦、汉时代长城。　②弢：放弓箭的袋，这里作动词用。《楚辞·九歌·东君》：“举长矢兮射天狼。”《晋书·天文志》：“狼一星在东井南，为野将，主侵掠。”这里，天狼指当时侵边的鞑靼。　③飞挽：急速运送，也指运送粮草的徭役。　④朔方：其地在今内蒙古自治区境内。郭子仪，唐玄宗时为朔方节度使，封汾阳郡王，世称郭汾阳。鞑靼入侵，明兵与之作战，互有胜负，作者说“至今谁是郭汾阳”，是微意所在，慨叹无郭子仪其人。

【品评】

作者生长甘肃沿边之地，以豪杰自命，跅弛负气。这诗即是写其秋日驰望边塞时见闻感受。一起从高远处落笔，写出空阔雄壮的边境，大有唐人绝句“黄河远上白云间，一片孤城万仞山”的气概。三、四两句转而写人，刻画驰骋奔突，豪气万丈，志在歼敌的形象，极为生动。五、六两句，以后方的运输与前线的战场对照着写，浓化古战场的悲壮肃杀气氛。结语表示作者对时事的关注，并对边将抗击鞑靼不甚得力略致微词，而以反笔振起，更见力量。沈德潜、周准《明诗别裁集》称梦阳“七言近体，开合动荡，不拘故方，准之少陵，几于具体”，这诗可以代表。王世贞《艺苑卮言》评曰：“《空同集》是献吉自选，然亦多驳杂可删者。余见李嵩宪长称其‘黄河水绕汉边墙’一首，李开先少卿诵其逸诗凡十余首，极有雄浑流丽，胜其集中存者。”

汴京元夕①

中山孺子倚新妆，②郑女燕姬独擅场。③
齐唱宪王新乐府，④金梁城外月如霜。⑤

【注释】

①汴京：今河南省开封市。元夕：农历正月十五夜。 ②中山孺子：李白《中山孺子妾歌》：“中山孺子妾，特以色见珍。”中山，古郡名，在河北。 ③郑女：指古代河南地方的女子善歌唱。燕姬：指古代河北地方的女子，善歌舞。 ④宪王新乐府：宪王，明宗室，周定王橚之长子，明太祖之孙，洪熙元年袭封，景泰三年卒。沈德符《顾曲杂言》：“周宪王所作杂剧最

夥，名《诚斋乐府》，虽警拔稍逊古人，而调入弦索，稳叶流丽，犹有金、元风范。”钱谦益《列朝诗集》：“宪王遭世隆平，奉藩多暇，制《诚斋乐府传奇》，音律谐美，流传内府，至今中原弦索多用之。李梦阳《汴中元宵》绝句云云。”（编按：“云云”即省略原诗，下同。） ⑤金梁：汴梁，即开封。

【品评】

盛唐人七言绝句，高调神韵，王之涣、王昌龄最擅胜场，后人很难达到他们的境界。明七子诗虽摹仿有痕，然如李梦阳这一首，却能有神无迹，不愧名作。前二句写能歌善舞的人，第三句点明歌唱的是当时独步中州的诚斋乐府，末句点题中所标的地与时。全首音节高亮，一结妙入画境，化前文堆垛为烟云。

徐祯卿(1479—1511)

字昌穀,一字昌国,吴县人。弘治进士,除大理左寺副,降国子博士,有《迪功集》。祯卿为前七子之一,陈子龙云:"昌穀似与仲默同源,然仲默俊逸,昌穀矜贵,又自有殊。"沈德潜、周准云:"迪功诗,大不及李,高不及何,而丰骨超然,故应鼎足。"

在武昌作[①]

洞庭叶未下,[②]潇湘秋欲生。[③]
高斋今夜雨,独卧武昌城。
重以桑梓念,[④]凄其江汉情。[⑤]
不知天外雁,何事乐长征?

【注释】

①武昌:今湖北省会武汉市武昌区。 ②"洞庭"句:见李东阳《寄彭民望》注⑥。 ③潇湘:湖南省二水名。 ④桑梓:《诗·小雅·小弁》:"维桑与梓,必恭敬止。"古代住宅旁常栽桑梓二木,故后人用以喻家乡。张衡《南都赋》:"永世克孝,怀桑梓焉。" ⑤江汉:汉水流至湖北省汉口入长江,故称江汉,武昌在汉口对岸。

【品评】

这首诗是五言高调，一气挥洒，《明诗选》载李雯评云："八句竟不可断。"然亦非全无痕迹可寻者。起二句点地点时，洞庭和潇湘与武昌同为两湖区域。叶既未下，时令尚未入秋，故以"秋欲生"应之，"欲生"是将生而未生之意。接着写入武昌雨夜独卧，这联得力在不对偶，《东泉诗话》云："徐祯卿五律学孟襄阳（浩然），风格极相似，颈联往往不对，如'故人惠思我，百里寄遥音。独在山中宿，松斋清道心'。并以流利为贵，不以对仗为工。又'阳月随阳鸟，遥从塞上来。北人江北望，不见陇头梅'。四句遥对。又'今来寒食节，独望灞陵园'。'高斋今夜雨，独卧武昌城'。二篇句法相似，可悟活法。"五、六两句转入直接抒情，五句入思乡，六句以江汉抱合，紧承前半首。结语用问句反逼出作客之苦。王士祯《池北偶谈》评云："非太白不能作，千古绝调也。"沈德潜、周准《明诗别裁集》评云："孟襄阳遗志，纯以气格胜人。"

何景明(1483—1521)

字仲默,号大复,信阳人。官至陕西提学副使。有《大复集》。景明与李梦阳同为前七子首领,同倡复古,梦阳诗雄迈,景明诗俊逸,各有所长。王世贞称何诗为"却扇一顾,粉黛无色"。陈田曰:"大复骨清神秀,与空同固是劲敌。"

得献吉江西书[①]

近得浔阳江上书,[②]遥思李白更愁予。[③]
天边魑魅窥人过,[④]日暮鼋鼍傍客居。[⑤]
鼓枻襄江应未得,[⑥]买田阳羡定何如?[⑦]
他年淮水能相访,[⑧]桐柏山中共结庐。[⑨]

【注释】

①献吉:李梦阳字。此诗作于梦阳为江西提学使,因坐作宸濠阳春书院记而被削职前后。 ②浔阳江:江西九江。 ③"遥思"句:以李白比拟李梦阳,李白因从永王璘于江西起兵获罪,梦阳因宸濠狱连及,用事贴切。《楚辞·九歌·湘夫人》:"目眇眇兮愁予。" ④"天边"句:魑魅,山林草泽中的鬼物。杜甫《天末怀李白》:"魑魅喜人过。" ⑤"日暮"句:鼋鼍(yuán tuó),江中鼋鱼和扬子鳄。语本《史记·太史公自序》:"鼋鼍与处。" ⑥"鼓枻"句:杜甫《忆昔行》:"南浮早鼓潇湘

柁。"襄江：即襄河，汉水在湖北襄阳一段的俗称。李梦阳如果从江西返甘肃，襄江是必经之途。 ⑦买田阳羡：苏轼事，阳羡为江苏宜兴。沈德潜、周准《明诗别裁集》云："信阳谓不读唐以后诗，然买田阳羡，自属唐以后事，可知只是议论之高。" ⑧淮水：在河南，东经安徽江苏入海。景明是河南人，故云。 ⑨桐柏山：在河南，淮水发源于此。

【品评】

何景明与李梦阳因论诗不合而失欢，然当梦阳在江西失意的时候，得其书而赋诗慰问，约他一同归隐桐柏山中，可见友情不浅。这诗一起点明题旨，并进一步诉说自己对梦阳处境的关切。三、四两句，落实梦阳的危苦处境，"天边"句并用杜甫怀李白的诗语紧承上句，有文章天成、俯拾即是之妙。五、六句问梦阳今后的动向，归乡既不易，买田他乡似还可以。由买田而逗起末二句盼望其淮水相访，偕隐桐柏山的愿望。写得情深一往，娓娓动人，无疑是景明的上乘之作。沈德潜、周准《明诗别裁集》评云："神来之作，不以工拙论，所谓章法之妙不见句法者。"潘德舆《养一斋诗话》云："风姿映蔚千古"，"七律中之古调"。

鲥　鱼

五月鲥鱼已至燕，[①] 荔枝卢橘未能先。[②]
赐鲜遍及中珰第，[③] 荐熟应开寝庙筵。[④]
白日风尘驰驿骑，炎天冰雪过江船。[⑤]
银鳞细首堪怜汝，玉箸金盘敢望传。[⑥]

【注释】

①“五月”句：鲥鱼出江南，明、清时代进贡给皇帝享用。为了保持鲜美，五月鲥鱼上市时，快速递送，限于一两日内送到北京。燕：古诸侯国名，今河北省地，这里指燕京，即北京。　②“荔枝”句：荔枝卢橘产南方，唐代快速驿送至长安供宫廷用。李商隐《九成宫》：“荔枝卢橘沾恩幸，鸾鹊天书湿紫泥。”　③中珰：太监。　④“荐熟”句：《礼记·月令》：“仲夏之月，天子羞以含桃，先荐寝庙。”郑玄注：“含桃，今之樱桃也。”⑤“白日”二句：鲥鱼传送北上，先后经水陆二路，水路船中置冰防鱼变质。　⑥玉箸金盘：唐代天子赐百官樱桃，以玉箸取置金盘中。杜甫《野人送朱樱》：“金盘玉箸无消息，此日尝新任转蓬。”

【品评】

明、清时代，天子征鲥鱼供御，是劳民伤财的弊政。清初大诗人吴嘉纪《陋轩诗集》就有名篇《打鲥鱼》提出控诉。何景明这首七律已开其先声。首二句说鲥鱼上贡一事，比之唐代征荔枝卢橘供宫廷享用，有过之无不及。三、四两句说赏赐遍及太监（当时正是刘瑾窃柄），连太庙中应有荐熟之筵都没有举行，因筵没有“开”，故云“应开”。五、六两句兜转，控诉驿骑江船急送之苦。七句“堪怜汝”，怜鲥鱼，更怜驿骑江船之人。末句反接第三句，赐鲜既是遍及太监，那么百官要想沾光当然无指望了。所以沈德潜、周准《明诗别裁集》评云：“中含讽谕，不同寻常赋物。”又云：“少陵‘西蜀樱桃’一种作法。”应该指出，作者站在封建阶级的立场，其批判仅是从寝庙未荐、传食无望着眼，这就限制了作品的思想深度。

杨 慎(1488—1559)

字用修,新都人。正德辛未状元,授修撰,以议礼杖谪云南永昌。天启初,追谥文宪。有《升庵集》。陈子龙云:"用修繁蔚之中,时见新警。"王士祯云:"明诗至杨升庵,真以六朝之才,而兼六朝之学者。"沈德潜、周准云:"升庵以高明伉爽之才,宏博绝丽之学,随题赋形,一空依傍,于李、何诸子外,拔戟自成一队。"

宿金沙江①

往年曾向嘉陵宿,②驿楼东畔阑干曲。③
江声彻夜搅离愁,月色中天照幽独。
岂意飘零瘴海头,④嘉陵回首转悠悠。⑤
江声月色那堪说,肠断金沙万里楼。

【注释】

①金沙江:长江流入云南境后,称金沙江。 ②嘉陵:江名,源出陕西凤县东北嘉陵谷,流入四川境后,陆续与白水江、渠江、涪江会合,东南流至巴县入长江。杨慎故乡新都,邻近嘉陵江中段,北上南行,水程都取道于此。 ③驿楼:《大明一统志》:"嘉陵驿,在广元县西二里。"按:地在新都之北,杨慎北上入陕西赴京应试经此。 ④瘴海:我国西南山区如云南、广西等地多瘴雾,是山林间湿热蒸发致人疾病之气。云南滇池亦名

滇海，故杨慎称为瘴海。白居易《夏日与闲禅师避暑》："多在炎方瘴海中。" ⑤悠悠：安闲静止貌。

【品评】

这首诗是杨慎谪居云南时所作，用今昔对照的手法。前四句是写昔年北上，夜宿嘉陵驿楼时情景；终宵不断的嘉陵江水声，恼乱离人的心绪，"中天月色好谁看"(杜甫诗)，只是照着孤独作客的人。这是一般的离别之愁。杨慎北上，必然是赴北京应会试，他的父亲是大学士廷和，那时没有什么身世不幸之感。后四句是写当前贬谪云南的情景，那就大不相同了，是危难遭遇，这里，诗笔用"岂意"一转，逼出瘴海飘零的悲剧，"岂意"即是"那料"，杨慎以议大礼泣谏，何罪之有，而竟遭杖谪，谪地又这样的遥远，加以瘴气害人，这如何不引起诗人的愤激，因而回忆起嘉陵江驿夜宿时的离愁，便觉得毫不足道，反显得悠闲自在了。同样是江声，有嘉陵江、金沙江的不同；同样是楼宿，有近乡的嘉陵驿楼、万里之外的金沙楼的不同，江声月色自然因人的心境不同而不同，所以不堪说而肠断了。肠断比之离愁，其分量当然大不相同。一结心情则沉重如千斤之石，而诗句则昂头天外，不落恒蹊。惟其有真情，所以有真诗。

素　馨①

金碧佳人堕马妆，②鹧鸪林里采秋芳。③
穿花贯缕盘香雪，④曾把风流恼陆郎。⑤

【注释】

①素馨：又称耶悉茗。佛书中称曼华，为梵文苏摩那的省译。花白色，香气芳冽。 ②金碧：妇人用以制为饰品的金银碧玉。堕马妆：古代妇女发髻有称“堕马髻”者，指侧在一边的髻，说见应劭《风俗通》。一解为：发髻松垂，像要堕落的样子。 ③鹧鸪(zhè gū)：鸟名。形似母鸡，其鸣声曰“行不得也哥哥”。南方多此鸟。 ④香雪：指素馨花，盘结为云鬟。 ⑤陆郎：汉初陆贾，曾奉使南粤。

【品评】

这是咏物小诗，写得清新绮缛，风流蕴藉，可见作者的绝代才华。前二句写素馨花的妆饰作用，语言华美，并切定南方特色。后两句就故事生发，洒脱流利，不落堆砌之病。《升庵集》载：“陆贾《南中行纪》云：‘南中百花，惟素馨香特酷烈，彼中女子，以彩丝穿花绕髻为饰’。梁章隐《咏素馨花诗》云：‘细花穿弱缕，盘向绿云鬟。’用陆贾语。予尝有诗云云。姜孟宾笑谓予曰：‘不谓陆贾风流之案，千年而始发耶！’”

谢 榛(1495—1575)

字茂秦,临清人。自号四溟山人,一号脱屣老人。布衣。有《四溟集》。京师结社,茂秦倡先,后乃被李攀龙、王世贞摈斥。钱谦益云:"茂秦今体工力深厚,句响而字稳,七子五子皆不及也。"沈德潜、周准云:"四溟五言近体,句烹字炼,气逸调高,七子中故推独步。"

榆河晓发①

朝晖升众山,遥见居庸关。②
云出三边外,③风生万马间。
征尘何日静,古戍几人闲?
忽忆弃繻者,④空惭旅鬓斑。

【注释】

①榆河:在今北京市北境。自居庸关南流,经昌平区、顺义区,至通州区,北入白河。 ②居庸关:在北京昌平区西北军都山上,两山夹峙,地势险要。 ③三边:汉代指幽、并、凉三州边境。后泛指边疆,诗用后义。 ④弃繻者:语出《汉书·终军传》:"初,军从济南,当诣博士,步入关,关吏予军繻,军问:'以此何为?'吏曰:'为复传,还当以合符。'军曰:'大丈夫西游,终不复传还。'弃繻而去。军为谒者,使行郡国,建节东出关。关吏识之曰:'此使者乃前弃繻生也。'"繻,符,书帛,分裂为二,以为符信。

【品评】

这首五律表达作者到居庸关边境时的一种壮怀，其时建州女真、俺答、鞑靼等常犯边境，字里行间，渗透着诗人对边事的关切之情。首二句写晓发即景，突出边关，引起三、四两句，景中有所托兴。云出三边，隐示边外多事；风生万马，表达对军事行动的想象。风与马相融合着写，导源于杜甫《后出塞》的"落日照大旗，马鸣风萧萧"。王世贞《艺苑卮言》也不得不承认这句诗为"佳境"。沈德潜、周准《明诗别裁集》评称："读'风生万马间'，纸上有声。若衍成二语，气味便薄。"五、六两句正面写边尘不靖，征戍不停。是实赋，与三、四两句兴体相一致。最后以想念终军事作结。作者报国愿望，于此可见。这样，此诗便不是一般的旅途之作了。就诗论诗，他也不愧如陈子龙《明诗选》所云："茂秦沈炼雄伟，法度森然，真节制之师也。"

李攀龙(1514—1570)

字于鳞,历城人。嘉靖进士,官至河南按察使。有《沧溟集》。攀龙为后七子首领,王世贞云:“于鳞拟古乐府,无一字一句不精美,然不堪与古乐府并者,则似临摹帖耳。”“五七言律,自是神境,无容拟议。绝句亦是太白雁行。”后来评论者,大抵贬多于褒。

广阳山道中[①]

出峡还何地,[②]松杉郁不开。
雷声千嶂落,雨色万峰来。
地胜纡王事,[③]年饥损吏才。
难将忧国意,涕泣向蒿莱。[④]

【注释】

①广阳:汉代的广阳郡,治蓟县,即今北京市之南的大兴区,其地多山。　②峡:峡谷,指该地河流所经,两岸多峭壁。　③王事:为君王服劳的公事。《诗·小雅·北山》:“或王事鞅掌。”　④蒿莱:野草,杂草。引申指草野,民间。

【品评】

这诗是李攀龙早期在北京服官刑部时因公到近畿所作。写行役中的见闻感受。首二句点题,出得峡谷,松杉郁郁,一片阴沉之气。引出三、四两句所写雷声雨色，“千嶂落”，“万峰来”，骨力开张，气魄雄伟，前后七子学杜甫五律，大抵如此。以上写景，雷雨暗中借喻国事民事多方面压力。后半首转入抒情，不是抒个人之情，这情与民生国事相联系。广阳是近畿胜地，而攀龙此回纡道前来，是由于王事的驱使。嘉靖年代，已不是明朝的盛世，时难年荒，人民铤而走险，在所不免，作为中央官吏的刑部郎官以及地方官吏的县令等，都要为此而费尽心机，诗中所以发出“损吏才”的浩叹。最后归结到自己忧国有心，对着苦难百姓，援手无力，空余涕泪，写来感喟万千。明前后七子，风格虽乏创新，但内容往往贴近现实，应该予以肯定。

初春元美席上赠谢茂秦得关字[①]

风城杨柳又堪攀，[②]谢朓西园未拟还。
客久高吟生白发，春来归梦满青山。[④]
明时抱病风尘下，[⑤]短褐论交天地间。[⑥]
闻道鹿门妻子在，[⑦]只今词赋且燕关。[⑧]

【注释】

①元美：王世贞。谢茂秦：谢榛。攀龙始官刑部时，谢榛与濮州李先芳、孝丰吴维岳辈，方在北京结诗社，攀龙往参与，先芳引王世贞入社，继而宗臣、梁有誉、徐中行、吴国伦亦加入，称为七子，反摈斥先芳、维岳、谢榛在外。诸人多少年，才高气锐，互相标榜，而攀龙为之魁。事详王鸿绪《横云山人史稿》。作此诗时，攀龙正与茂秦交好。　②风城：京都的代称。沈佺期《独不见》：“丹凤城南秋夜长。”古人折柳送别，杨柳又堪攀，谓春天

已到，大好还乡的时候，我们可以折柳送茂秦南归了。 ③谢朓：南齐著名诗人，借指谢茂秦，切其姓。西园：古代贵族游宴之园。曹植《公宴诗》："清夜游西园，飞盖相追随。"谢茂秦是布衣，但常游于赵王及崔铣之门。王雅爱其诗，曾命妓歌其竹枝词，又以众妓宴之于便殿。崔有诗赠茂秦。这里用"西园"之典，极为贴切。 ④青山：不是泛指，用谢朓事切其姓。青山在安徽当涂县东南，一名青林山。谢朓尝筑室及池于山南，因又称谢公山。 ⑤风尘：指京师。陆机《为顾彦先赠妇》："京洛多风尘，素衣化为缁。"《尧山堂外纪》："李于鳞诗，多风尘字，人谓之李风尘。" ⑥短褐：见李东阳《寄彭民望》注④。 ⑦鹿门妻子：后汉襄阳人庞德公于建安中携妻子隐鹿门山，采药不返。 ⑧燕关：指燕京，即北京。关，城关。

【品评】

这诗是李攀龙与谢榛早期结社北京时作。塑造谢榛曳裾侯门、声华茂盛的形象，颇为生动。首二句写茂秦遨游京师，乐不思归。三句状其写诗，"客久"，正面紧承首二句的柳又堪攀，人未拟还。"又"与"久"相呼应。四句"春来"仍承第一句，下面反过来交代人未拟还，而梦却能归。五、六两句对照，八句中又相对衬托。身处明时，而偏是抱病风尘；人是布衣，却是风雅所趋，众望所归，交游遍四海，因京师是天下人才荟萃之地。沈德潜、周准《明诗别裁集》评云："诵五六语，如见茂秦意气之高，应求之广。"结句代为设想，谢榛妻子在乡，青山归梦，两方都不应忘，目前西园留滞，托迹燕京，只是为了词赋交游、社事方盛之故。说来宛转入情。通篇开合收放，极见匠心，是七子高调的典型。

于郡城送明卿之江西[①]

青枫飒飒雨凄凄，秋色遥看入楚迷。[②]
谁向孤舟怜逐客，白云相送大江西。

【注释】

①明卿：吴国伦字，兴国人。嘉靖进士。明卿为后七子之一，在兵科给事中任上，触犯严嵩，被谪为江西南康推官。郡城：当指顺德府，治所在今河北邢台。其时李攀龙任顺德知府，吴国伦被贬出京，经过其地，故李作诗相送。 ②楚：江西在春秋战国时为楚地。

【品评】

首二句，渲染送别时的气候物象，寓情于景。色彩以“青枫”为主；感觉以“飒飒”、“雨凄凄”为主；情绪以“迷”为主。王国维《人间词话》所谓“一切景语，皆情语也”。在冷基调别情支配下，写出冷基调的秋景雨景，故两相拍合。后二句以一问一答急转，把对朋友的离别之情推向高潮。因失意而行，故乘“孤舟”；因被谪出京，故云“逐客”。“谁怜”是虚领，作者就是“怜”的主体。“白云”句是“谁怜”的直接回答。如果说“我怜”“我送”，便太浅直，不成诗了。白云是代诗人送故人，直到大江西，既表现为友谊的深长，也流露着自己无法为友人出力并远相追随的处境，无穷余味，让人追寻。沈德潜、周准《明诗别裁集》谓攀龙“七言绝句有神无迹，语近情深，故应跨越余子”，这一篇便可代表。

王世贞(1526—1590)

字元美，太仓州人。嘉靖进士，官至刑部尚书。有《弇州山人四部稿》、《续稿》。世贞与李攀龙同为后七子首领，而声望地位都在攀龙之上。博学高才，前后七子中无人可及。早期提倡复古，晚年持论大变，深悔中年论述。其诗如五言绝及乐府长篇《袁江流》，俱为后世推许。

陪段侍御登灵岩绝顶①

径折全疑尽，峰回陡自开。
苍然万山色，忽拥岱宗来。②
碧涧传僧梵，③青天落酒杯。
雄风别有赋，不羡楚兰台。④

【注释】

①灵岩：山名，在今山东长清区东南九十里，四面方正，又名方山，与泰山脉连接。　②岱宗：泰山古称。《书·尧典》："岁二月，东巡守，至于岱宗。"　③僧梵：和尚诵经歌咏之声。灵岩山下有灵岩寺，故云。　④"雄风"二句：宋玉《风赋》："楚襄王游于兰台之宫，宋玉、景差侍，有风飒然而至，王乃披襟而当之曰：'快哉此风，寡人所与庶人共者耶？'宋玉对曰：'此独大王之风耳。……此所谓大王之雄风也。'"

【品评】

这首五律代表王世贞效法盛唐之作，是七子诗派的典型。前二句从入山说起，构思本于王维《蓝田山石门精舍》："探奇不觉远，因以缘源穷。遥爱云木秀，初疑路不同。安知清流转，偶与前山通。"柳宗元《袁家渴记》："舟行若穷，忽又无际。"王安石《江上》："青山缭绕疑无路，忽见千帆隐映来。"强彦文诗："远山初见疑无路，曲径徐行渐有村。"陆游《游山西村》："山重水复疑无路，柳暗花明又一村。"不过这诗作为起笔，单刀直入，特见挺拔。从"陡自开"中，拓出三、四两句远景。沈德潜、周准《明诗别裁集》评云："苍然二句，可匹空同泰山诗。"（见前李梦阳选篇）五、六两句，上句幽深静细，下句壮阔开朗，一写声，一写影，刚柔相济，极见匠心。结语就段侍御说，也是照顾题目，应有之笔，不落俗套。

酒　品①

黄封银瓮出当筵，②侧弁须防执法前。③
何似家园红友在，④一瓻相藉柳风眠。⑤

【注释】

①此诗题目是《酒品前后二十绝》，这里选录的是第一首。　②黄封：酒名。古代宫廷酿造之酒因用黄罗帕封，故有此称。苏轼《与欧育等六人饮酒》："倦游怜我忆黄封。"银瓮：银制的酒器。孙柔《瑞应图》："王者宴不及醉，刑罚中，人不为非，则银瓮出。"　③侧弁：《诗·小雅·宾之初筵》："是曰既醉，不知其邮（过）。侧弁之俄（倾），屡舞傞傞（不停止）。"弁（biàn），

古代的一种帽子。侧弁，狂饮后醉态失常，帽子倾斜。执法：执法之官。前：前来。 ④红友：酒的别称。罗大经《鹤林玉露》："常州宜兴县黄土村，东坡（苏轼）南迁北归，尝与单秀才步田至其地。地主携酒来饷，曰：此红友也。"古人酒以红为薄，称薄酒为红友。 ⑤瓿（bù）：古代小口大腹的盛酒器。藉（jiè）：坐卧其上。

【品评】

这首小诗，前面原有一段小序云："内法酒出大官者，尝四叨宴赐及。诸大珰所酿，迹近之，虽似清美，但或甘或冽，多未得平。饮之令人热及好渴，不堪醉也。"诗的前二句，是说饮皇帝赐宴之酒，小心翼翼，防醉后失仪获罪。意思实是对官场的厌倦。王世贞虽晚年官至刑部尚书，然在宦途之中，多次获谴，故起南刑部侍郎时，不就任。后二句就是说做官不如归隐好，写得那么自在，令人向往。这和世贞中年复古之作，大相径庭，如出两手，也可见世贞对当时昏乱的王朝，不无离心倾向。

欧大任

字桢伯，广州顺德人。以岁贡官至户部郎中。有《虞部集》。大任列名广五子，早岁结社南园，对广东诗歌的发展起一定影响。钱谦益谓大任等人“读书缵言，并有原本，虽驰鹜五子列，而词气温厚，颇脱蹶张叫嚣之习”。屈大均亦称“其诗正大典丽，泽于风雅”。

除夕九江官舍①

饯岁浔阳馆，②羁怀强笑欢。
烛销深夜酒，菜簇异乡盘。③
泪每思亲堕，书频寄弟看。
家人计程远，应已梦长安。

【注释】

①九江：明代九江府，府治德化，在今江西九江市。 ②浔阳：见何景明《得献吉江西书》注②。 ③“菜簇”句：《四时宝鉴》：“立春日，唐人作春饼生菜，号春盘。”

【品评】

这首诗风格上效唐人。首二句点题，说明他乡度岁，强为欢笑。三、四两句，就守岁着笔。“异乡”与“羁怀”紧扣。第五、六句写为什么是强欢，是由于思亲忆弟。一结承五、六句来，透进一层，说家人也应在为计算旅程，想我已梦到长安。而家人之计程与想我之梦长安，全由我在设想家人方面生发，即我想家人在想我在旅途中想家人想我。这样连环宛转，实从唐人除夕名句“故乡今夜思千里，双鬓明朝又一年”脱胎而来。沈德潜、周准《明诗别裁集》云：“一结忆及家人，又于家人意中念已之梦长安，曲折往复，善学少陵。”所谓善学少陵，是指反用杜甫《月夜》的“今夜鄜州月，闺中只独看。遥怜小儿女，未解忆长安”诗意。

程嘉燧(1565—1643)

字孟阳,休宁人,侨寓嘉定。布衣。有《松圆浪淘集》、《偈庵集》、《耦耕堂集》。嘉燧生晚明,其诗一扫前后七子复古摹拟的云雾,也不落同时公安流易、竟陵幽僻之习,清丽温婉,娟秀少尘,钱谦益推为一代宗主,谥之曰松圆诗老。其后王士祯亦致赞扬。邵长蘅、朱彝尊则诋斥失当。

忆金陵杂题画扇①

秋阴殢客思腾腾,②木末荒台尽日登。③
谁信到家翻忆远,雨斋含墨画金陵。

【注释】

①金陵:战国楚威王置金陵邑,明代为南京,今之江苏省南京市。这诗有数首,此选其一。 ②殢(tì):引逗。腾腾:奋起貌。 ③木末荒台:在南京。陆游《入蜀记》:"西南小轩曰木末,其下皆大松,髯甲夭矫如蛟龙,往往数百年物。木末取王文公(安石)诗,有'木末北山云冉冉'之句,故以名之。"

【品评】

王士祯《蚕尾续集》称"孟阳七言绝句,出入于梦得(刘禹锡)、牧之(杜牧)、义山(李商隐)之间,不名一家,时诣妙境"。这首题画诗,秀逸浏亮,足以代表。全首用今昔对比手法,前二句写作客南京时,正值秋阴漠漠,引起登木末台雅兴,穷一日之力，攀登游览。后二句写到家后回忆远游，挥毫作画，刻画前游胜景，“雨斋”的作画时境界，与游览时“秋阴”的景色，渲染一气，含迷茫之致，可谓诗中有画，画中有诗。孟阳以画擅名，《无声诗史》谓其“写山水宗王叔明、倪云林”。自题其画，必然当行出色。

袁宏道(1568—1610)

字中郎,公安人。万历进士,由吴县知县历官至吏部员外郎、郎中。有《袁中郎集》。宏道与兄宗道、弟中道称公安派三袁,宏道为中坚。于前后七子之后,倡言排击其失,变板重为轻巧,变粉饰为本色,变摹拟为性灵,天下耳目一新。然鄙俚浅率,流弊又起。

经下邳[1]

诸儒坑尽一身余,[2]始觉秦家网目疏。[3]
枉把六经灰火底,[4]桥边犹有未烧书。

【注释】

①下邳:古县名,秦置,治所在今江苏睢宁县西北。《史记·留侯世家》:"(张)良尝间从容步游下邳圯(桥)上,有一老父,衣褐,至良所直,堕其履圯下,顾谓良曰:'孺子,下取履。'良愕然,欲殴之,为其老,强忍,下取履。父曰:'履我。'良业为取履,因长跪履之。父以足受,笑而去。良殊大惊,随目之。父去里所,复还,曰:'孺子可教矣,后五日平明,与我会此。'良因怪之,跪曰:'诺。'……良夜未半往,有顷,父亦来,喜曰:'当如是。'出一编书,曰:'读此则为王者师矣。'……旦日视其书,乃《太公兵法》也。" ②"诸儒"句:《史记·秦始皇本纪》:"(始皇曰)诸生在咸阳者,吾使人廉问,或为妖言以乱黔首。于是使御史悉案问诸生,诸生传相告引,乃自除犯禁者四百六十余人,皆

坑之咸阳。”一身余：剩余一身，指张良于下邳所逢之老父。③网目：指法网。疏：阔略。 ④“枉把”句：六经，《易》、《书》、《诗》、《礼》、《乐》、《春秋》。《史记·秦始皇本纪》：“丞相李斯曰：‘臣请史官非秦纪皆烧之，非博士官所职，天下敢有藏《诗》、《书》百家语者，悉诣守尉杂烧之。……令下三十日不烧，黥为城旦。’制曰：‘可。’”

【品评】

这诗嘲笑秦始皇焚书坑儒，徒费心机，儒书终于不能烧绝，儒生到底不能坑尽，张良于下邳桥边所遇老父，即坑之不尽的一人，老父所传《太公兵法》，即烧之不尽的百家语之一。第一句及三、四两句，都是“秦家网目疏”的铁证。诗人痛快地把这一真相揭出，能道人所未道。清初陈恭尹亦有《读秦记》一诗云：“谤声易弭怨难除，秦法虽严亦甚疏。夜半桥边呼孺子，人间犹有未烧书。”竟是窃取中郎之作。恭尹为岭南三大家之一，不知何以不检乃尔？

曹学佺(1574—1647)

字能始,号石仓,侯官人。万历进士,除户部主事,调南大理寺正,就迁户部郎中。后历官四川、广西诸省。南明唐王朝,官至礼部尚书,事败殉节。有《金陵集》等专集三十二种。陈田云:"忠节诗,不矜才气,音在弦外,其兴到之作,有羚羊挂角,香象渡河之妙。"

新林浦①

夹岸人家映柳条,玄晖遗迹草萧萧。②
曾为一夜青山客,③未得无情过板桥。

【注释】

①新林浦:谢朓有《之宣城出新林浦向板桥》诗,李善注云:"郦善长《水经注》曰:'江水经三山,又湘浦出焉。水上南北结浮桥渡水,故曰板桥。浦江又北,经新林浦。'" ②玄晖:南齐诗人谢朓之字。遗迹:指新林浦。萧萧:摇动貌。 ③"曾为"句:青山,指谢朓,青山在安徽当涂县东南,见李攀龙《初春元美席上赠谢茂秦得关字》注④。当涂离南京甚近,曹学佺官南京时,常过其地。

【品评】

这首七绝是凭吊古迹之作,写来轻俊飘逸,有"不着一字,尽得风流"之妙。学佺官南京时,屡游谢朓青山,由板桥而联想到青山之行，从而又兜转到经过板桥，不能于衷无动。深情淡笔，神韵超绝。王士祯《池北偶谈》云："徐祯卿五集中有一绝云：'渺渺太湖秋水阔，扁舟摇动碧琉璃。松陵不隔东南望，枫落寒塘露酒旗。'曹能始《新林浦》一绝，可以相敌。"士祯正是以神韵派的眼光，欣赏这两首诗。

钟　惺(1574—1624)

字伯敬,竟陵人。万历进士。历官南礼部主事,进郎中,出为福建提学佥事。有《隐秀轩集》。钟惺与同里谭元春,救公安派之弊,别出手眼,立幽深孤峭之宗,号为竟陵派。钱谦益斥为"鬼趣",为"诗妖"。然伯敬雕镂镵刻,五言登览,时有力作。李慈铭、陈衍颇为之平反。

秋日舟中题胡彭举秋江卷

望远写秋江,秋意无起止。
何曾见寸波,竟纸皆秋水。①
烟中过寒山,江净翻如纸。
空色有无间,②身在秋江里。

【注释】

①竟纸:犹云满纸。　②空色:佛家术语。有无:道家术语,晋代佛家亦借作空、有二义用。

【品评】

贬斥伯敬诗者,无非谓其尖刻幽僻,如入鼠穴,如入鬼国。考其实,殊不尽然。这首题画诗,就能清空一气,既无噍音促节之病,也不陷于公安派之流易。前四句写画,后四句写秋江舟中,前后有机融合,颇能逗露一些禅机,使读者置身于空明境界中。

上巳雨登雨花台①

去年当上巳，小集寇家亭。
今昔分阴霁，悲欢异醉醒。
可怜三月草，未了六朝青。②
花作残春雨，春归不肯停。

【注释】

①上巳：农历三月初三日，古人雅集之时。雨花台：在今江苏南京市中华门外，是一山岗。传说六朝云光法师在此讲经，感动天神，落花如雨，因称雨花台。 ②六朝：建都于南京的六个朝代，吴、东晋、宋、齐、梁、陈。

【品评】

这是一首中晚唐风格的五律，前半以今昔对照：以地言，昔为寇家亭，今为雨花台；以时言，昔为霁，今为阴；以情绪言，昔为欢，为醒，今为悲，为醉。三、四两句，含量深广而造语精简。五、六两句以下都是写今，题目是今事，昔只是陪衬。“三月”承首句“上巳”来，“六朝”扣题目雨花台。“青”字写“草”，对句中相应，十字连贯而下，古典诗歌中称为流水对。这两句写景中寓情，于“可怜”二字上点出，也即紧承三、四句的“悲”字来。这二句意境实从唐人“江雨霏霏江草齐，六朝如梦鸟空啼”化出。结语全力写雨，雨到春残不停，花也都化成雨，写足“悲”，又双关雨花台之地。全首冷隽可观，是伯敬五律力作。

乌龙潭吴太学林亭[1]

城午亭先晚，园春水欲秋。
蜂狂花约束，莺过柳遮留。
云气能香石，湖阴半压舟。
良辰多下钥，[2]闲杀此林邱。

【注释】

①乌龙潭：南京名胜，在今南京市西清凉山的清凉寺附近。 ②钥：门锁。

【品评】

这首五律多好句，如第二、第六及末一句都是极意雕炼者，而又炼得自然，没有斧凿痕，所以可取。“园春”而“水欲秋”，便是后来王士祯《秦淮杂诗》“十日雨丝风片里，浓春烟景似残秋”境界，但王诗是绝句，以风神淡荡取胜，钟诗是五律，便得凝缩。三、四句“花约束”“柳遮留”，新意未有人道过。“云气”怎能使石生“香”，则“蜂狂花约束”句已有透露，花儿能逗得蜂狂，需加约束，则园中花木香气浓郁可知，花香便有云气香的通感，云气流动于石间，所以能使石也香了。伯敬的曲折构想，大致如此，但较晦涩。“湖阴半压舟”的“湖”，指乌龙潭说，“压”字显示“湖阴”之重。湖阴重到半压舟，紧扣首句“城午亭先晚”来。良辰而园门下着锁不开，是主人不欢迎俗客光顾。反用杜甫诗“花径不曾缘客扫，蓬门今始为君开”意，俗客不来，林邱觉得清净悠闲。林邱之闲，托出主人之高。这样着笔，才可入《世说新语·言语》之篇。读此真有俗尘洗刷殆尽之感。

谭元春(1586—1637)

字友夏，竟陵人。天启举人。有《岳归堂集》。谭氏与钟惺齐名，号称钟谭。钱谦益对谭的诋斥，更甚于对钟。陈衍云："竟陵之诗，窘于边幅则有之，而冷隽可观，非摹拟剽窃者可比，固不能以一二人之言，掩天下人之目也。""钟谭好处，在可医庸俗之病。"

登清凉台①

台与夕阳平，同来趁晚晴。
隔江山欲动，半壑树无声。
艇子遥归浦，庵僧近掩荆。②
烟岚处处合，③残兴尚能清。

【注释】

①清凉台：南京城西有清凉山，蜿蜒于汉中门至定淮门一带，南唐时在山中兴建避暑宫，后改清凉寺，辟为清凉道场，为南京胜景之一。台，指佛寺中之台。 ②"庵僧"句：庵指清凉寺，在清凉山上。五代十国杨吴时为兴教寺，南唐为清凉道场。北宋太平兴国时，移幕府山清凉广惠寺于此，南宋淳祐时在山上建翠微亭。荆：柴门。 ③岚(lán)：山林中的雾气。

【品评】

这诗是五律写景佳构，以清警胜，唐贾岛、宋九僧四灵为之，亦不能过。一起点明晚游，“台与夕阳平”，破空而来，脱胎于吴文英《八声甘州》词的结句：“连呼酒，上琴台去，秋与云平。”三、四两句，前写动，后写静，前为远景，后为近景，动静交相凑泊。五、六两句，也是前写远，后写近。末二句从晚晴进一步写到渐近黄昏，山中烟雾四合，应该是归意阑珊了，却用力一振，说清兴依然不减，使读者有蔗味回甘之感。这种作品，并不如论客贬斥钟谭诗所说的涩僻。

得伯敬书①

人传君病甚，亦觉久无书。
近始来音旨，②中仍略起居。③
药香诸佛下，归志一官初。
我信田园好，山川或未如。

【注释】

①伯敬：见前钟惺小传。 ②音旨：音信意旨。 ③起居：作息，举止，谓日常生活。

【品评】

这首是抒情之作。前后分两层意，前半怀念伯敬之抱病，后半同情伯敬之思归，都切定“得伯敬书”落笔。先说“病甚”消息得之传闻，尚难确信，但由于很久不得来信，所以也觉得传闻也许可信。不说也觉得可能有病，而说很久无书，则病否仍不能得到确切解答，因久无书可以有多种原因，不一定就因是抱病。三、四句从久无书转到近始得书，而书中仍不谈生活近况，则“病甚”的消息不能肯定，还不能否定。这样写，当然含蓄不直致。但意思中是肯定其有病的，故后半首接着便是“药香”字面的出现，暗示对方确在病中，那么，第六句的思归，无疑是因病之故。最后表达自己同情伯敬的归志，以故乡田园的美好，对比作官他乡的山川风物，显然归胜于客，但用“或未如”作结，仍不说煞，娓娓动听，所以入情。这里选元春写景抒情各一首，所以破钱谦益以及后来朱彝尊诸人的过当之论。

阮大铖(1587—1646)

字集之,号石巢,又号圆海,怀宁人。万历时中会试,天启时附魏忠贤党,崇祯初为光禄卿,被劾,罢归。避兵寓南京。福王朝,官至兵部尚书。南京陷,南行死于仙霞岭。有《咏怀堂诗集》。陈三立评云:"芳洁深微,妙绪纷披。具体储、韦,追踪陶、谢,不以人废言,吾当标为五百年作者。"章太炎评云:"大铖五言古诗,以王、孟意趣而兼谢客之精练,律诗微不逮,七言又次之。然榷论明代诗人,如大铖者鲜矣。"

看杏花宿瑕仲山馆微雨[①]

鸡鸣杏花中,识君深隐处。
山青与托邻,草碧自成路。
炊烟亦何闲,小酌就花树。
辨叶敛傍眺,因香纵恬步。
湖风弄微寒,果兆夜来雨。
萧萧春竹鸣,[②]高馆更成趣。
移灯谙山窗,[③]兹游吾已屡。
留兴及三秋,[④]天香饮华露。[⑤]

【注释】

①瑕仲:白姓,名未详。《咏怀堂诗集》卷二此诗之前有《同

白瑕仲石塘湖上行即望其所居》诗。其山馆在怀宁山中。②萧萧：状声。 ③谙：熟记。 ④三秋：秋季的三个月。⑤天香：指桂花香。宋之问《灵隐寺》："桂子月中落，天香云外飘。"饮华露：指饮桂花酒。

【品评】

阮石巢诗，集孟浩然、韦应物及孟郊、谢翱之长于一手。这首五古显然是孟浩然、韦应物的风格，而其中个别句子，千锤百炼，又明明是得力于孟郊、谢翱。诗一开端就写瑕仲的山馆，并交代自己为观赏杏花而前来，读者也被"杏花""深隐"所吸引住。三、四句写山馆之山及访寻隐者的路，色彩鲜明，而"托邻""成路"，境界也高远。五、六句写到馆后动态。炊烟之闲，由于人心之闲而感觉到，是无人道过的妙语。写炊烟暗示已到了主人家，下面便接着写主客小酌，就花树，雅兴可想，也关合七、八两句。这两句是刻意雕镂而成，体现阮石巢诗的特色。上句写视线集中于花叶，目不旁顾，下句写"就花树"因花香的引逗而放步前行，十分舒适恬美，"恬步"，自创新语。两句雕琢而仍归于自然。石巢《与杨朗陵秋夕论诗》表示自己对古代诗人的追求，于陶潜、王维、储光羲以后，特别重视谢翱，以为"异代晞发生（谢翱有《晞发集》），泠泠濑中石"，而"胜国兼本朝，一望茅苇积。滔滔三百年，鸿濛如未辟"。虽持论稍苛，然可知其宗旨所在。"湖风"以下四句，切雨宿，自然入妙，以闲淡之笔，写空灵之境。"移灯"二句，交代屡游，也是开头所以"识君深隐处"的补充说明。结句宕出一笔，约秋后再游，并回应上面"小酌就花树"的即兴。全首结构严整，意境清深，钟、谭诸家自当望而却步。

摄山东峰石上坐月[①]

竹路亦何白，凉月灿东岭。
客心感佳夕，游咏孰能屏。
危步历禽上，清言满松听。
泉幽滴春脉，林贞抱秋影。
澄鲜入何际，空明转遗境。
微风拂露花，石上苔弥净。
身心化寒碧，沈冥不知省。[②]
赖闻霜下钟，山萝动微警。[③]

【注释】

①摄山东峰：在南京东北栖霞区，距城约四十余里，亦名栖霞山，最早名伞山，六朝时改名摄山。山分中峰、东峰、西峰三支。　②沈冥：隐晦，泯灭无迹。扬雄《法言·问明》："蜀庄沈冥。"　③"赖闻"句：摄山有栖霞寺，故得闻钟声。寺在中峰西麓，夜静山谷间钟声回荡，东峰石上乃得闻之。

【品评】

此诗写空山夜静之境。前四句从"路"与"月"引入。五至十句，写登山。"危步"即高步，"历禽上"谓高出飞禽之上。此行与同游者偕，故云"清言"。"松听"犹言松声，人的"清言"，与松声相汇，故有"满松听"的感觉。"泉幽"二句，上句王、孟犹能写出，下句则非孟郊不办了，成为特绝名句。"澄鲜"二句，渲染得一片空明，而且空明之境亦不复存在，诗心与禅机，是一是二。“微风”四句，就石上坐月写。“身心”十字，又入化境，物我两忘，一切泯灭，身心可化寒碧，又是王、孟所不能道语，必须是爱好自然，崇拜自然至极度者始能为之，且不能常为之，必幽探有得，神悟偶会时，才能为之。结句仿佛定中一磬，静中有动。通篇烹炼而不失自然，超脱物象，别具神理。

宿石巢晨起①

山梦自难繁，岚翠警空想。
即此寓觉因，矧复风泉响。②
噭噭闻清猿，③流音动云莽。④
始悟夜来身，卧此千峰上。
展转至高旭，⑤岩户纳虚朗。⑥
草露气象浮，为疑碧岑长。⑦

【注释】

①石巢：在桐城山中龙泉庵附近。　②矧（shěn）：况且。　③噭噭（jiào jiào）：猿啼声。谢灵运《登石门最高顶》：“噭噭夜猿啼。”　④莽：草木丛生处。　⑤旭：日出光明貌。　⑥虚朗：空明。　⑦岑（cén）：小而高的山。长：增长。

【品评】

此诗题为“宿”和“晨起”，是从“晨起”而追写夜“宿”。诗人夜宿于千峰之上的烟抱翠合之中，才得以领略独具风味的夜山美境：梦境单一，没有万千尘虑的打扰，加以不用目治而以耳治的风声泉声，从碧泠泠的清气中传来，这已是人生难得的美妙享受。但还不够，诗人更就此进入万有皆无的“空想”悟境，这悟境，即寄寓于夜境之中。诗句用“即此”“矧复”等层层递进，融合眼识与耳识的不同观察与感受于一心，写得有声有色。这是前四句的内涵。闻猿以下，接写晨起。由于梦觉后闻到猿声在“云莽”间流荡，陡然发现自己夜来是卧在千峰高处。这一转，大有《楚辞·九歌·山鬼》“表独立兮山之上，云容容兮而在下”的气度。至是已不再能入睡乡，展转反侧，直到晴日高照，石巢中已一片空明。“纳”字写“岩户”的容量写得宽廓，静境写得活，诗人炼字本领，可见一斑。结语写晨起后所见，草间露气蒸润，像水气浮动的景象，诗人疑是碧绿的山头在增长，设想真是匪夷所思。

宿焦山双峰庵月下闻潮①

琴樽惔然夕，②林卧遂忘还。
山鬼或同梦，世人无此闲。
遥岑导钟路，③素月紊霜颜。④
此际闻潮响，谁能静掩关。

【注释】

①焦山：在江苏镇江城东北长江中，因东汉焦光隐居山中而得名。满山苍松翠竹，四周江水回抱幽迥绝尘。双峰庵：在焦山。山东北有二小山，相对雄峙，名松寥山和夷山，双峰庵取义于此。 ②琴樽：琴和酒樽。惔(dàn)：安然，澹泊。 ③岑：见《宿石巢晨起》注⑦。 ④紊：乱。

【品评】

双峰庵面临长江，境界幽静，夜宿更显得清冷。这首诗写夜宿，从向晚时琴酒闲适引入，次句落实到夜宿不归。“山鬼”二句，形容孤独到只有山鬼或可同入梦寐，凄异的心情与闲放结合，诗人落落寡群的襟怀可以想见。五、六两句，一写声，一写色，“导”与“紊”二字，炼字精刻。焦山多僧寺，如定慧寺等，与双峰庵相隔尚远，钟声传来，令诗人神往，钟声经过之路，称为“钟路”，也是作者生造之语。月色洁白，霜色也同样洁白，素月照在霜上，两者的颜色搞乱而不易辨别，“霜颜”也是生造之语。结语“此际”承上句的月色来，点明题目的月下闻潮。潮声是澎湃冲击者，打破了诗人上面所写的闲静之境，禁不住心动起来要开门去观潮了。静中之动，写得酣足。这首五律，比较近于钟、谭。

过飞云室依韵酬无可上人①

江云飞满山，枝灯悬一径。②
夙游何苍然，松风惑清听。
观彼闲潭闲，斯知静者静。
蔬响悟虫悦，竹光与禽定。
悠然闻经声，于兹演云性。③

【注释】

①飞云室：在焦山。无可上人：方以智，字密之，桐城人。崇祯进士，官检讨。曾为僧，名弘智，字无可，人称药地和尚。与阮大铖为同乡。一般记载，以智入清后始为僧，此诗作于崇

祯九年丙子，而已称以智为无可上人，疑莫能明，岂以智先亦曾为僧乎？抑是另一人。上人：对僧人的敬称。 ②枝灯：《西京杂记》："咸阳宫有青玉五枝灯。" ③云性：佛教称行脚僧为云水，取行云流水之意。《从容录》："两堂云水尽纷拿，王老师能验正邪。"这里借以指行云流水之心性。

【品评】

这首五古于阮大铖诗中，较为闲淡自然，颇近后来厉鹗一派。起二句点飞云室，飘逸而又清挺。三句回忆前游，四句写松声魅人心目。五、六句从佛地写到上人，"闲""静"二字为全首眼目。"蔬响"二句，写景入幽入细。蔬叶在作声，知虫在行动，而虫的活跃，由于虫对蔬菜的喜悦，凝炼成五字，"悦"字是从常建《破山寺》名句"山光悦鸟性"得来。修竹直立，在竹光中，禽亦止息不飞，竹与禽，都如入禅定一样，这句静悟有得。最后结出"闻经声"，"演云性"，切入题中无可，悠然不尽。

陈子龙(1608—1647)

字人中,一字卧子,号大樽,青浦人。崇祯进士,官至兵科给事中。鲁王时,授兵部侍郎,兼侍读学士。抗清事败,投水殉节。有《陈子龙集》。子龙为明末几社首领。沈德潜云:“诗至钟、谭诸人,衰极矣,陈大樽垦辟榛芜,上窥正始,可云枇杷晚翠。”

小车行

小车斑斑黄尘晚,① 夫为推,妇为挽。出门何所之?青青者榆疗吾饥,愿得乐土共哺糜。② 风吹黄蒿,望见墙宇,中有主人当饲汝。叩门无人室无釜,③ 踯躅空巷泪如雨。

【注释】

①斑斑:同“班班”,众多。《后汉书》载桓帝初童谣:“车班班,入河间。” ②哺糜:食粥。 ③釜:锅子。

【品评】

明崇祯十年(1637)丁丑,子龙中进士,选惠州推官,改绍兴。这年六月,京畿大旱,山东蝗虫为灾,流民遍野。此诗是子龙出京赴任途中亲见灾民流离失所之状而写。诗中写一对流民夫妻忍饥挨饿在流亡途中挣扎的情景。以小见大,反映了当时赤地千里、饥民载道的社会悲惨现象。题为小车，诗从小车在黄尘中拥挤前行写起，接着写其中一夫一妇，一推一挽出门求食，茫然无所之情况，形象描绘夫妇只求粗苦的榆叶、稀薄的粥汤以疗饥肠，苟延残喘。最后写虽然望见了人家，想要入门求食，而叩门无人，连饭锅也没有，暗示屋中主人也同样离家出外流浪求生去了。这一环境，是明末的典型，也是农民军遍地起义的原因。这首诗用古乐府体，笔墨凝炼，语言朴素，尺幅中蕴藏着无数的血泪。沈德潜、周准《明诗别裁集》评云："写流人情事，恐郑监门亦不能绘。"郑监门名侠，北宋人，尝绘流民图。

夏完淳（1631—1647）

字存古，松江华亭人。几社成员夏允彝之子，幼有神童之目。诸生。唐王遥授中书舍人，事泄，被执不屈死。有《玉樊堂集》、《南冠草》。沈德潜、周准云："存古十五从军，十七授命，生为才人，死为鬼雄，诗格亦高古无匹。"

精　卫[①]

北风荡天地，有鸟鸣空林。
志长羽翼短，衔石随浮沈。
崇山日以高，沧海日以深。
愧非补天匹，[②]延颈振哀音。
辛苦徒自力，慷慨谁为心？
滔滔东逝波，劳劳成古今。[③]

【注释】

①精卫：鸟名。《山海经·北山经》："发鸠之山，其上多柘木，有鸟焉，其状如乌，文首、白喙、赤足，名曰精卫，其鸣自詨。是炎帝之少女，名曰女娃。女娃游于东海，溺而不返，故为精卫，常衔西山之木石，以堙于东海。"　②补天：《淮南子·览冥训》："往古之时，四极废，九州裂，天不兼覆，地不周载。……于是女娲炼五色石以补苍天。"　③劳劳：惆怅忧伤的样子。

【品评】

这诗借咏物以抒怀，作于诗人被执以前。用的是比兴手法。“北风荡天地”，谓北方的满清军队南侵，当时以破竹之势，已席卷了明朝大片天地。“有鸟鸣空林”，作者以衔石填海的精卫自喻。“志长羽翼短”以下，慨叹自己的力量微薄，难以挽回明王朝灭亡的命运，只有知其不可为而为之，以尽自己的心力。末二句说沧桑变局的使人悲愤。完淳出陈子龙门下，诗风似其师，追步汉魏古体，但感情真挚，言之有物，与七子末流之剽袭摹拟者不同。沈德潜、周准《明诗别裁集》评云：“此渊明《咏荆轲》作也。”渊明生当晋、宋易代之际，不忘晋室，欲求如荆轲刺秦王者以对付刘裕者而不得，故写《咏荆轲》诗以寄意，沈德潜用来比拟夏完淳《精卫》诗之用心，可谓得当。

钱谦益(1582—1664)

字受之,号牧斋、蒙叟、东涧遗老、绛云老人,常熟人。明万历进士,福王时官礼部尚书。入清,任礼部右侍郎。告病归,秘密从事抗清活动。有《初学集》、《有学集》、《投笔集》等。归庄谓"宗伯于诗,除榛莽,塞径窦,然后诗家始知趣于正道,还之大雅"。陈文述称其诗"沉郁藻丽,原本杜陵,逸情高致,远在梅村祭酒之上"。

吴门春仲送李生还长干①

阑风伏雨暗江城,②扶病将愁起送行。③
烟月扬州如梦寐,④江山建业又清明。⑤
夜乌啼断门前柳,⑥春鸟衔残花外樱。⑦
尊酒前期君莫忘,⑧药囊吾欲傍余生。

【注释】

①吴门:古代吴县城的别称。吴县为春秋时吴国都城,故称。长干:古里巷名,在南京。南京城南有山岗,江东谓岗为干。其地在秦淮河以南,为山岗间平地,吏民杂居,号长干里。　②阑风伏雨:意谓风风雨雨,久不停止。杜甫《秋雨叹》:"阑风伏雨秋纷纷。"赵次公注:"阑珊之风,沉伏之雨。"　③将愁:带愁。　④烟月扬州:形容扬州的景色之美。徐祯卿《文章烟月》:"文章江左家家玉,烟月扬州树树花。"谦益《列朝诗集》

叹为“至今令人口吻犹香”。故诗中喜用之。 ⑤建业：今南京市。汉时置秣陵县，三国时吴建都于此，始称建业。 ⑥“夜乌”句：用李白《杨叛儿》“何许最关人？乌啼白门柳”。及《古乐府》“暂出白门前，杨柳可藏乌”诗意。 ⑦“春鸟”句：反用王维《敕赐百官樱桃》“才是寝园春荐后，非关御苑鸟衔残”诗意。 ⑧前期：前约。

【品评】

这诗作于清顺治五年（1648）戊子，时福王朝已覆亡，南京在清统治者之手，谦益此诗赠别李生还南京，诗中饱含深情，在阑风伏雨、春鸟衔残的描写中，倾注了对朱明王朝的悼念之情。用力处在中间两联：扬州烟月，已非明朝盛时，恍如梦中景象，建业江山沦于满清铁蹄之下，福王灭亡后的清明节又第三度到来了。白门前的柳下藏乌，啼杀也唤不回当年的良辰美景，春鸟衔樱，可还是明朝御苑的残余。这一切，借景抒情，思深体婉，谦益绝技，于此可见一斑。谦益诗以七律七绝为最工，《有学集》诗作于明亡以后，更远胜于《初学集》。这一首载于《有学集》卷一。三、四两句，在谦益后期诗中，常能遇到同类风格的佳语，如：“桃叶春流亡国恨，槐花秋踏故宫烟。”“南渡衣冠非故国，西湖烟水是清流。”“沧桑朝市关新局，烽火边关覆旧棋。”“神愁玉玺归新室，天哭铜人别汉家。”“文章金马霜前泪，故国铜驼劫后人。”“老有心情依佛火，穷无涕泪洒神州。”芬芳悱恻，沉郁苍凉，丽藻以表至情，合李商隐、元好问于一手，沧桑哀唱，不得不令人叹为冠绝清代。

吴伟业(1609—1671)

字骏公,号梅村,太仓人。明崇祯进士,福王朝官少詹事。入清,官国子祭酒。有《梅村家藏稿》。其早期诗风华绮丽,后经乱离,多感慨苍凉之音。纪事之七言歌行,后人称之为“梅村体”。赵翼推为“近代中之大家”。李慈铭云:“梅村长歌,古今独绝。”张尔田称其“声情骀宕,上掩元、白,而苍凉激楚过之”。

圆圆曲[①]

鼎湖当日弃人间,[②]破敌收京下玉关。[③]
恸哭六军俱缟素,[④]冲冠一怒为红颜。[⑤]
红颜流落非吾恋,[⑥]逆贼天亡自荒宴。[⑦]
电扫黄巾定黑山,[⑧]哭罢君亲再相见。[⑨]
相见初经田窦家,[⑩]侯门歌舞出如花。[⑪]
许将戚里空侯伎,[⑫]等取将军油壁车。[⑬]
家本姑苏浣花里,[⑭]圆圆小字娇罗绮。[⑮]
梦向夫差苑里游,[⑯]宫娥拥入君王起。
前身合是采莲人,[⑰]门前一片横塘水。[⑱]
横塘双桨去如飞,何处豪家强载归?[⑲]
此际岂知非薄命,此时只有泪沾衣。[⑳]
熏天意气连宫掖,明眸皓齿无人惜。[㉑]

夺归永巷闭良家，教就新声倾座客。[22]
座客飞觞红日莫，[23]一曲哀弦向谁诉？
白皙通侯最少年，[24]拣取花枝屡回顾。
早携娇鸟出樊笼，待得银河几时渡？[25]
恨杀军书抵死催，苦留后约将人误。[26]
相约恩深相见难，一朝蚁贼满长安。[27]
可怜思妇楼头柳，[28]认作天边粉絮看。[29]
遍索绿珠围内第，[30]强呼绛树出雕栏。[31]
若非壮士全师胜，争得蛾眉匹马还。[32]
蛾眉马上传呼进，云鬟不整惊魂定。[33]
蜡炬迎来在战场，啼妆满面残红印。[34]
专征箫鼓向秦川，[35]金牛道上车千乘。[36]
斜谷云深起画楼，[37]散关月落开妆镜。[38]
传来消息满江乡，乌桕红经十度霜。[39]
教曲妓师怜尚在，浣纱女伴忆同行。
旧巢共是衔泥燕，[40]飞上枝头变凤皇。[41]
长向尊前悲老大，[42]有人夫婿擅侯王。[43]
当时只受声名累，贵戚名豪尽延致。[44]
一斛珠连万斛愁，关山漂泊腰支细。[45]
错怨狂风飏落花，无边春色来天地。[46]
尝闻倾国与倾城，[47]翻使周郎受重名。[48]
妻子岂应关大计，英雄无奈是多情。
全家白骨成灰土，[49]一代红妆照汗青。[50]
君不见馆娃初起鸳鸯宿，[51]越女如花看不足。[52]
香径尘生鸟自啼，[53]屟廊人去苔空绿。[54]
换羽移宫万里愁，[55]珠歌翠舞古梁州。[56]

为君别唱吴宫曲，汉水东南日夜流。[57]

【注释】

①圆圆：陈圆圆，明末苏州名妓，本姓邢名沅，字畹芬。明末辽东总兵吴三桂纳之为妾。后三桂出镇山海关，李自成攻占北京，圆圆被俘，三桂大怒，乞降于清，引兵攻陷北京，圆圆仍归三桂。后随三桂入云南，晚年出家为女道士。此诗作于清顺治八年（1651）辛卯八月以前，三桂时驻军汉中，尚未入滇。　②鼎湖：古代传说黄帝乘龙升天之处。《史记·封禅书》："黄帝采首山铜，铸鼎于荆山下。鼎既成，有龙垂胡髯下迎黄帝，黄帝上骑……余小臣不得上，乃悉持龙髯，龙髯拔堕，堕黄帝之弓……故后世因名其处曰鼎湖。"后代诗文中常以此典指称帝王之死。这里指明末李自成攻克北京，崇祯皇帝自缢于煤山。　③"破敌"句：这句指吴三桂降清，引清兵入关攻陷北京。玉关，玉门关，在甘肃省敦煌西，这里借指山海关。下玉关，自山海关南下。　④六军：周朝天子统率六军，一军为一万二千五百人。后泛指朝廷的军队。缟素：白衣，指丧服。这句写全军上下哀悼崇祯帝。　⑤红颜：指陈圆圆。这句指明吴三桂的降清，本是因圆圆被李自成所俘的缘故。　⑥以下四句以吴三桂口吻写其为自己降清所作的辩解。吾：吴三桂自称。　⑦逆贼：指李自成。这是对起义军的污蔑之词。荒宴：沉湎于酒色。　⑧电扫：比喻进击神速。黄巾：东汉末年张角领导的黄巾起义军。黑山：东汉末年河南黑山农民起义的队伍，当时被污称"黑山贼"。这里均指李自成起义军。　⑨君亲：指崇祯皇帝和吴三桂父亲吴襄，时吴襄已被李自成军所杀。　⑩田窦：西汉武安侯田蚡和魏其侯窦婴，二家均为外戚。这里借指崇祯帝的外戚。据钮琇《觚剩》，此外戚是周后家的周奎；据陆次云《圆圆传》，此外戚是田妃家的田宏遇。参以冒襄《影梅庵忆语》所述，作周奎为是。吴三桂初见陈圆圆，在崇祯

十五年(1642)癸未以后。这句以下至“强呼绛树出雕栏”为倒叙。 ⑪侯门:公侯贵族人家。 ⑫戚里:汉代长安城中帝王外戚居住之处,这里借指周奎家。空侯:同“箜篌”,古乐器,体长而曲,二十三弦。空侯伎:歌伎。指陈圆圆。 ⑬等:期待。油壁车:古代女子所乘的车,以车壁以油涂饰而名。乐府《苏小小歌》:“我乘油壁车,郎乘青骢马。”以上四句追述吴三桂初见陈圆圆。 ⑭姑苏:今江苏苏州。浣花里:唐代蜀中名妓薛涛居浣花溪。这里是借用。 ⑮小字:小名。娇罗绮:语出江淹《别赋》:“罗与绮兮娇上春。”取其美好之意。 ⑯夫差:春秋末吴国国君。胜越国后,越王勾践赠越女西施,以消磨其志。夫差苑:指夫差与西施游乐的宫苑。 ⑰合:该。采莲人:指西施。今苏州灵岩山下尚存西施采香径遗迹。 ⑱横塘:在今苏州市胥门外。 ⑲“何处”句:豪家,指外戚豪门。据钮琇《觚剩》:崇祯末,周奎“以营葬归苏……因出重资购圆圆,载之以北”。据陆次云《圆圆传》:“崇祯癸未岁,总兵吴三桂慕其名,赍千金往聘之,已先为田畹(宏遇)所得。” ⑳“此际”二句:圆圆随人去京实非情愿,故诗语云云。 ㉑“熏天”二句:熏天,形容气势威赫。宫掖,宫中。掖,即掖庭,宫中的旁舍,嫔妃所居之处。明眸皓齿,杜甫《哀江头》:“明眸皓齿今安在。”这二句写外戚之家势焰熏天,圆圆被送入宫中,但崇祯帝不纳。 ㉒“夺归”二句:永巷,皇宫中嫔妃的住处。这二句写圆圆自掖庭遣返,仍为家妓。 ㉓莫:通“暮”。 ㉔白皙(xī):肤色白净。通侯:古爵位名,这里指吴三桂。 ㉕“早携”二句:写吴三桂索得圆圆为妾,圆圆好比娇鸟离笼子。又以牵牛与织女渡河相会,借指三桂因军情紧急,不及与圆圆团聚而去。 ㉖“恨杀”二句:写军书催吴三桂出山海关抵御清兵,空留后会之约。 ㉗蚁贼:对李自成起义军的污称。长安:借指北京。这句指明崇祯十七年(1644)三月,李自成起义军入北京。 ㉘思妇楼头柳:语出王昌龄《闺怨》:“闺中少妇不知愁,春日凝妆上翠楼。忽见陌头杨柳色，悔教夫婿觅封侯。”思妇指圆圆。㉙粉絮：杨花。旧时比喻未从良的妓女。㉚绿珠：西晋石崇之妾。赵王伦专政，崇失势。伦党孙秀矫诏捕崇，欲夺绿珠，绿珠坠楼自尽。这里借指李自成部将搜索陈圆圆。内第：内室。㉛绛树：汉末著名舞妓，借指圆圆。以上六句写起义军占领北京，圆圆为起义军将士所得。㉜“若非”二句：争，怎。蛾眉，美女，指圆圆。这二句说如果吴三桂不能打胜仗，就不能迎还圆圆。㉝“蛾眉”二句：吴三桂攻占北京后，紧追李自成至山西，尚不知圆圆下落。部将于都城访得，立即飞骑传送。三桂结彩楼，列旌旗，箫鼓三十里，亲往迎接。传呼，喝道。㉞啼妆：女子妩媚的神态，假意擦拭眼下，像拭泪的样子。残红印：泪痕斑斑。㉟专征：古代帝王授予将帅掌握军旅的特权，不待天子之命，得以自行征伐。秦川：是指陕西、甘肃、秦岭以北的地区。㊱金牛道：古栈道名，一名石牛道，即褒斜道、褒城道。在今陕西省眉县至褒城之间。《元和郡县志》兴元府褒城县：“褒城道，一名石牛道，张良令汉王烧栈道，示无还心，即此道也。”这条路的南段终点在褒城，褒城在汉中府治的西北，走完此道，向东南，即到汉中府治。㊲斜（yé）谷：在今陕西省眉县西南，即褒斜道的斜谷一段。㊳散关：大散关，在今陕西省宝鸡市西南大散岭上。斜谷、散关都在汉中府治以北。以上四句写圆圆随三桂由秦川到汉中。㊴“传来”二句：乌桕，树名，一名鸦臼。温庭筠《西州词》：“门前乌桕树，惨淡天将曙。”写的是男女临别时的景色。十度霜，十年。按，据冒襄《影梅庵忆语》，圆圆于崇祯十五年（1642），在苏州被豪家逼去，《圆圆曲》作于顺治八年（1651），中间恰历十年，故云“十度霜”。㊵衔泥燕：比喻地位低微的同伴。㊶凤皇：即凤凰，比喻地位显贵。指圆圆。㊷“长向”句：尊前，即樽前，酒樽前。老大，年纪老。这句写圆圆旧时女伴的自悲。㊸夫婿：丈夫。擅：居。侯王：指三桂。顺治元年，世祖入北京，封三桂为平西王。以上八句写旧时女伴的艳羡，衬托圆圆的荣贵。 ㊹“当时”二句：声名，指圆圆早年当妓女的名声。延致，招致。这二句写圆圆当年的妓女生涯。 ㊺“一斛”二句：事出《梅妃传》，唐玄宗思念梅妃，适值外国进贡宝珠，玄宗随命封一斛给梅妃。诗中借用此典，写今日圆圆受到的宠爱，引起以后漂泊的悲哀。 ㊻以上六句写圆圆几经波折，荣贵实出意外。 ㊼倾国、倾城：形容容貌极美。《汉书·外戚传》：“孝武李夫人，本以倡进，夫人兄延年，性知音，善歌舞，侍上起舞，歌曰：‘北方有佳人，绝世而独立，一顾倾人城，再顾倾人国。’” ㊽周郎：周瑜。周瑜的妻室小乔，是东吴著名美女。这里周郎借指三桂。 ㊾“全家”句：记三桂一家事。李自成攻占北京后，圆圆在三桂父吴襄处，被自成部将掠去。三桂招清兵击败自成，吴襄全家人尽为起义军所杀，仅圆圆得脱。 ㊿汗青：史册。以上六句讽三桂为女色而破家叛明，徒然让一代美人留名于史册。 51馆娃：即馆娃宫，在灵岩山顶，吴王夫差为西施所建。 52越女：越地女子，指西施。 53香径：即采香径，在今苏州市西，见注⑰。尘生：指人迹不到，只余尘土。 54屧廊：即响屧廊。《清一统志》：“响屧廊，以楩梓籍其地，西施步屧绕之则有声，故名。”屧（xiè）：古代鞋子的木底。以上四句以吴王夫差和西施的故事，借古喻今，暗示三桂最后必将灭亡。 55换羽移宫：羽、宫，五音中的两种乐声。换羽移宫，谓乐声变换，暗喻朝代更替，三桂降清。 56“珠歌”句：珠歌翠舞，周邦彦词：“仍惯见珠歌翠舞。”古梁州，汉中南郑为古梁州城所在地。这句写三桂在汉中沉酣声色。 57“为君”二句：吴宫曲，指吴王夫差时的宫曲。《述异记》：“夫差时童谣：‘梧宫秋，吴王愁。’”汉水，汉中临汉水，汉水东南流入长江，这句语本陆游《归次汉中境上》：“地连秦雍川原壮，水下荆扬日夜流。”二句取功名富贵如逝水之意，谓三桂富贵难常。

【品评】

吴伟业诗，以七言歌行成就最高，其中号为“梅村体”者尤为绝调。这首《圆圆曲》，是“梅村体”中知名度最广、最有代表性者。所谓“梅村体”，来源于白居易的“长庆体”，而不尽相同。“长庆体”歌行，一首中用典极少，而“梅村体”则大量用典；“长庆体”中对偶句不多，而“梅村体”多对偶句；“长庆体”辘轳承接的句式，只是偶见，而“梅村体”则常用。张如哉曰：“篇中有自相蝉联之句，如‘相见’、‘横塘’、‘坐客’、‘相约’、‘马上’皆是也。然卢昇之《长安古意》、刘希逸《公子行》之类，已有之矣。”因此，“梅村体”是融合初唐四杰体及“长庆体”于一身的新体，具有梅村独特面目，风神绝代的妙品。《圆圆曲》旨在斥责吴三桂背叛明王室，失节降清的罪行。陆次云谓“梅村效《琵琶》、《长恨》体作《圆圆曲》，以刺三桂，曰‘冲冠一怒为红颜’，盖实录也。三桂赍重币求去此诗，吴勿许。当其盛时，祭酒能显斥其非，却其赂遗而不顾，于甲寅之乱似早有以见其微者。呜呼，梅村非诗史之董狐也哉！”靳荣藩云：“此首以‘恸哭六军俱缟素，冲冠一怒为红颜’作挈领，以‘若非壮士全师胜，争得蛾眉匹马还’作中权，以‘全家白骨成灰土，一代红颜照汗青’作收束，此六句真史笔也，是全篇之眼目。”全诗可分十段，起句到“哭罢君亲再相见”为第一段，靳荣藩云：“起八句用倒叙法，从三桂起兵说到圆圆。非恋句若为三桂分辩，荒宴句若为圆圆包含，然逆贼本由天亡，则非三桂战功可知，而荒宴二字，已包却天边粉絮、围第、强呼等事。立言之妙，令人不可思议。”“相见初经”以下至“横塘水”为第二段，靳荣藩云：“相见四句言三桂初遇圆圆时，姑苏六句补出圆圆乡里，然梦拥宫娥已为下文消息满江乡、夫婿擅侯王作衬矣。结处用采香径、响屧廊、吴宫曲等字，亦是从夫差苑、横塘水萦绕而出也。”张如哉曰：“由再见说归初见，由初见说归本家，俱是倒序法。以下顺叙。”“横塘双桨”以下至“倾座客”为第三段，靳荣藩云：“前四句圆圆离苏州而入周邸，后四句出宫中而再入周邸也。”座客句引起三桂。“座客飞觞”以下至“将人误”为第四段，靳荣藩云：“此段就三桂说，前四句聘定圆圆，后四句奉出关之命也。”“相约恩深”至“匹马还”为第五段，靳荣藩云：“此段就圆圆说，若非二句，笔势飞动，灵心四映。”“蛾眉马上”至“开妆镜”为第六段，前四句是哭罢君亲再相见，后四句指圆圆入蜀（按：是入汉中，尚未入蜀）之事。“传来消息”至“擅侯王”为第七段，靳荣藩云：“此一段与家本姑苏一段相对照，即摩诘（王维《西施咏》）‘当时浣纱伴，莫得同车归’之意。”“当时只受”至“来天地”为第八段，靳荣藩云：“此六句与横塘双桨四句相照应。”“尝闻”至“汗青”为第九段，靳荣藩云：“此一段咏叹之。前四句又若为三桂分辩者，其词婉而多风，后两句则史家之直笔也。”“君不见”至“日夜流”为第十段结束，靳荣藩云：“此一段再咏叹之，若预知三桂有覆灭之祸者。”靳氏的分段和评析，有助于我们对作者匠心结构的理解。钱谦益《与吴梅村尺牍》谓梅村诗“攒簇化工，陶冶今古，阳施阴设，移步换形”。赵翼《瓯北诗话》谓梅村诗“指事类情，宛转如意”，“选声作色，又华艳动人”。读《圆圆曲》，可以窥豹一斑。

钱秉镫(1612—1693)

字幼光，号田间，后改名澄之，字饮光，桐城人。南明桂王时，官编修。明亡，曾削发为僧，名幻光。有《藏山阁诗存》、《田间诗集》。秉镫诗擅长白描，兼有平淡、沉郁的风格，继承陶潜、杜甫的传统，在遗民诗人中，独树一帜。记事之作，具有诗史价值。

扬州访汪辰初 二首①

关桥乍泊旋相访，②问遍扬州识者疏。
市井草深寻巷入，③江城花满闭门居。④
僮惊客到饶蛮语，⑤箧付儿收只《汉书》。⑥
我过七旬君逾八，笑啼同是再生余。⑦

犹忆城隅访旧年，⑧孤踪早上汉阳船。⑨
一家局促三间屋，⑩廿载崎岖万里天。⑪
笔墨资生何处卖？⑫艰危纪事异时传。⑬
白头相见留深坐，又损瓶中粜米钱。⑭

【注释】

①扬州：清初府名，治所今江苏省扬州市。汪辰初：扬州人，作者与之订交在顺治二年(1645)乙酉冬于闽中同官唐王朝时，后又同官桂王朝。顺治七年(1650)庚寅冬，钱秉镫东归。汪辰初随桂王至贵州、云南，官至詹事府詹事，主云南乡试。作

者《汪辰初文集序》云:“君幸脱缅难(指桂王入缅甸,缅甸以王送至吴三桂处,被害,明亡,时为顺治十八年辛丑),留滇十余载,路通,仍全家以归。……有垂白孺人,与丈夫子三,于万里蛮荒之外,穿锋镝,冒瘴疠,相扶以归。……今年(1683,康熙二十二年癸亥)三月,访君扬州。” ②关桥:扬州水城门桥。 ③“市井”句:写实语,兼暗用典。《三辅决录》:“张仲蔚,平陵人也,与同郡景卿,俱隐居不仕,所居蓬蒿没人。” ④“江城”句:写实语,兼用王建《寄薛涛诗》:“枇杷花下闭门居。” ⑤僮:童仆。饶:多。蛮语:南方音的语言。作者曾到过福建、两广,故语言杂有南方音,家僮听了惊异,以为是南方的远客来了。“惊”字表示怕有意外之事降临,因汪辰初久仕南明王朝之故。 ⑥《汉书》:东汉班彪、班固、班昭父子兄妹合力著成。这里借指汪辰初所写南明史事的著作,南明是汉族统治者的政权,故用《汉书》一词。 ⑦“我过”二句:作者《汪辰初文集序》:“是时君年八十四,予亦七十三矣。别三十五(当作‘三’)年而再见,涕泗久之。”又:“君濒死不死。”又:“然回思偷息虎穴,朝夕莫保时,其幸何如也!” ⑧“犹忆”句:钱秉镫前一次到扬州访汪,当在康熙九年(1670)庚戌前后。据《汪辰初文集序》,辰初随桂王入云南在顺治十一年(1654)甲午冬,留云南十余载乃归,则归当在康熙四年(1665)乙巳以后。秉镫往访,又当在后,故估计为庚戌前后。城隅:城墙角落。 ⑨汉阳:明清府名,治所在汉阳县,今属湖北省。 ⑩“一家”句:《汪辰初文集序》谓汪归后,“里中故物俱尽,僦屋以居”。 ⑪“廿载”句:自顺治二年(1645)乙酉冬汪辰初入闽,其后入桂入黔入滇,备经艰难,奔走于万里南天,历二十余年始归。 ⑫“笔墨”句:《汪辰初文集序》谓汪僦居扬州后,“卖文为活”。笔墨:文章。资生:赖以维持生计。 ⑬“艰危”句:应第一首“箧付儿收只《汉书》”句。《汪辰初文集序》:“君为人忠厚虚公,所言足信,其著述皆必可传。” ⑭损:破费。籴(dí):买粮食。

【品评】

这首诗康熙二十二年(1683)癸亥三月作于扬州，是为了访问一位过去曾经共经患难达六年之久的老友，两人分别以后，又经历过二十四个年头了。第一首诗首句从访友单刀直入，水城门下船才停靠，便上岸相访，迫切之情，溢于言外。第二句写访的第一过程“问”，可见问遍扬州，识得汪辰初其人的，几乎没有。这里暗示汪辰初晦迹深隐，因而人们难以知晓。说“识者疏”，不等于连一个人也不知其人，总能提供一些线索。第三句因此接入访的第二过程“寻”，隐居在幽僻处，“市井草深”的小“巷”中，所以要寻。这一句点地。第四句写寻到了汪宅，“江城花满”点明时间是春三月，“闭门居”点明汪辰初隐藏之深。下面略去了主人开门延客的描写，如杜甫《客去》所云“花径不曾缘客扫，蓬门今始为君开”的话头。径说“僮惊客到”，是作者已叩门而入了。“惊”由于客之“蛮语”，暗示了主人家中因主人为南明旧臣之故而经常提心吊胆，怕出乱子。又接着写到主人在家的主要生活是写一部南明抗清史以留给后人，也就是把汉族遗民的爱国精神教育后代。结语合写二人年纪都老大，作者对主人处在“十年以长，则兄事之”的位置，“笑”是老年久别重逢之欢乐，“啼”是同经患难，故国亡灭的悲痛，有此共同的九死余生的感受，写来倍感亲切。这一年的扬州访汪，在作者已是第二次了，第一次访汪比第二次要早十二三年。第二首开头两句即写第一次访汪之事，用“犹忆”二字领起，那一回访问，仅在城墙角落兜了几转，因为汪辰初早已离家往汉阳去了，扬州人可能有知道汪行踪的，告诉了作者，但不大可能，估计是第二次二人见面时谈起的，诗是写在第二次访汪之时，所以能交代“孤踪早上汉阳船”的前事了。中间四句，总的概括汪辰初转辗于南方万里为国事而奔波的生活，归乡后僦居逼仄、卖文为活、著书传世等事，“一家”句回应第一首三、四句，“艰危”句回应第一首“箧付”句。结句归宿到老友留客，于生活困难中殷勤相待的热情,“又损”句紧扣“笔墨”句来。两首诗交错着对往事的回味,对隐居的描述,对访问的迫切,对主人生活惊惶心情、相见悲欢、盛情招待的全面处理。全用白描,两处暗用典,但不一定看作用典,因为是死典活用了。这种诗的风格,属于杜甫《有客》、《客至》一路。汪启东《山泾草堂诗话》曰:“第一首迤逦写来,收到相见,访字意已足。次首颇难着笔,若再铺叙见后情形,究属平衍。却从昔年说入,一结方到本题。空灵活泼,化堆垛为烟云,此法得自杜陵。”

顾炎武(1613—1682)

初名绛,字宁人,号亭林,后更名炎武,昆山人。明诸生。福王时,授兵部司务。唐王立,除兵部主事。入清不仕,远游华北,志图恢复明室。有《亭林诗集》。炎武为清代儒林开山,其诗宗法杜甫,沉郁苍凉,有强烈的爱国精神与艺术感染力,卓然大家。

雨中至华下宿王山史家①

重寻荒径一冲泥,②谷口墙东路不迷。③
万里河山人落落,④三秦兵甲雨凄凄。⑤
松阴旧翠长浮院,菊蕊初黄欲照畦。⑥
自笑漂萍垂老客,⑦独骑羸马上关西。⑧

【注释】

①华下:指华山下。王山史:王弘撰,字山史,号复庵,陕西华阴人。明亡后,高隐不仕。炎武晚年,远游四方,致力于寻找反清根据地,结交反清志士和地理的研究。至华阴,与山史结交。王氏《山志》云:"丁巳秋九月初三日,亭林入关,主于予家,将同作买山之计。"又《频阳札记》:"顾亭林先生入关,止于予明善堂。"按:丁巳为康熙十六年(1677)。 ②重寻:康熙二年(1663)癸卯,炎武游西岳华山,过访王弘撰于华阴。丁巳之行,为第二次,故曰重寻。 ③谷口:《扬子法言·问神篇》:"谷口

郑子真，不诎其志，而耕乎岩石之下，名震于京师。”《元和郡县志》：“汉谷口县在九嵕山东，仲山西，当泾水出山之处，故谓之谷口。”墙东：《后汉书逸民传》：“初，逢萌与平原王君公相友善。君公遭乱独不去，侩牛自隐。时人为之语曰：避世墙东王君公。”谷口、墙东均借指王山史隐居处。 ④“万里”句：谓经过明末清初的长期战乱，明代的有气节的人已所剩无几。落落：零落貌。 ⑤三秦：秦亡后，项羽三分关中，合称三秦，即今陕西省地。三秦兵甲：康熙十三年(1674)甲寅，清将平凉提督王辅臣于宁羌响应吴三桂起兵反清。次年，占领陕、甘多城。后兵败于邠州、泾州、临洮等处，又失秦州、延安等地。十五年丙辰，清廷命海图节制陕西军马击王辅臣。四月，辅臣攻通渭，又失。六月，辅臣降清。三秦兵甲，指此兵事。 ⑥“松阴”二句：作者《复庵记》：“太华之山，悬崖之巅，有松可荫，有地可蔬，有泉可汲。”畦：田陇，长条田块。 ⑦漂萍：漂忽无定的浮萍。杜甫《赠翰林张四学士垍》：“垂老独漂萍。” ⑧羸(léi)马：瘦马。关西：指函谷关以西之地。华阴在关西，故云。

【品评】

这首诗是康熙十六年(1677)丁巳九月作者客陕西王弘撰家时所作。在十四年前已来过一次，这次又来，说明交谊之深。“冲泥”点明雨中。“谷口”句说旧隐之处，重来并不迷途。三、四句对当时当地同志之士的零落、兵祸的连结作了悲慨的反映，凄切的渲染，仍扣住“雨”字。五、六句落到弘撰家中宜人的秋景，于前两句转换一境界。最后以自己的独骑瘦马前来作结，垂老漂萍，原是不愉快的事，而出以“自笑”，气氛便不至阴郁，老翁独个地骑马上关西，形象是何等轩昂，这里分明蕴藏着爱国诗人“烈士暮年，壮心不已”的复国雄图在内。炎武七律，以坚苍沉郁取胜，这首诗悲壮磅礴中交错着疏荡清新之笔，又别具一格。

吴嘉纪(1618—1684)

字宾贤，一字野人，泰州人。家贫，初事科举，后弃去。隐居家乡。有《陋轩诗集》。其诗继承杜甫传统，风格苍劲，擅长白描。深刻表现了民族感情与阶级矛盾。沈德潜称其诗“以性情胜，不须典实而胸无渣滓，故言语真朴而越见空灵”。潘德舆称其“字字入人心脏，殆天地元气所结，以为陶、杜之真衣钵”。胡先骕以与郑珍并称为清代二大诗人。

内人生日[①]

潦倒邱园二十秋，[②]亲炊葵藿慰余愁。[③]
绝无暇日临青镜，[④]频过凶年到白头。
海气荒凉门有燕，溪光摇荡屋如舟。
不能沽酒持相祝，依旧归来向尔谋。

【注释】

①内人：妻子的谦称。 ②潦倒：哀病、失意。邱园：家乡。 ③亲炊：指妻子亲自作炊。葵藿：冬葵和豆叶，均可食用。 ④青镜：青铜镜。

【品评】

这首诗为纪念作者妻王睿的生日而作。王睿，字智长，江苏泰兴人，能诗词。有《随轩集》。按照常情，作者写王氏的生日诗，大可写其闺中唱和之乐。然而这诗却不是这样写，写的是贫贱夫妇共艰苦、相慰藉的苦中之乐。元稹《遣悲怀》有云："贫贱夫妇百事哀。"那是悼亡诗的语言。这首是生日诗，写的是"贫贱夫妻百事难"。开头从自己的长期失意沉沦写起，烦得妻子要亲自从事煮菜劳动，然而妻子不是埋怨，而相反地来安慰自己，为自己解愁，伉俪之情的深厚便可想见。自己潦倒，那么妻子过的是怎样日子呢？三、四两句作了解答，暇日竟是绝无，凶年则是频过，这不是诗人下笔的强调，而是现实生活的如实反映。五、六两句更把泰州乡下濒海地区的荒凉景物描绘一下，增强邱园的冷落气氛。最后归结到生日祝妻，祝妻却仍然要向妻子商量沽酒问题，作者手边连酒钱也没有的窘况，写来逼肖，却不落寒酸态，而有风趣，这才是生日诗。沈德潜《清诗别裁集》评云："三四写清贫之况，五六状濒海之景，末点化熟语，脱口生新。庄子所谓有道妻子皆得佚乐，可以想其高风焉。"

施闰章(1618—1683)

字尚白,号愚山,宣城人。顺治进士,康熙时举博学鸿词,官至翰林院侍读。与宋琬齐名,有南施、北宋之目。有《施愚山先生学余诗集》、《别集》、《遗集》。其诗风格高雅淡素,间有反映社会现实之作。钱谦益称其“能以其诗回斡元气”。王士祯称其五言诗“有风人之旨,其章法之妙,如天衣无缝”,为作摘句图,载于《池北偶谈》。

过湖北山家[①]

路回临石岸,树老出墙根。
野水合诸涧,桃花成一村。
呼鸡过篱栅,行酒尽儿孙。[②]
老矣吾将隐,前峰恰对门。

【注释】

①湖:指江苏高淳区境内之高淳湖。 ②行酒:依次斟酒。

【品评】

这首诗是施闰章五律中最有名的一篇。首二句写过山家,“临石岸”是山家在岸边,“树老出墙根”是山家门侧景色。三、四句是名句,写门外远景,如入桃花源,两句中间一字,平仄都拗,句子显得清挺。五、六句写山家生活和招待客人。结尾归宿到想买山为邻，"前峰"暗承第三句，自然入妙而不费力。施闰章以五律高手著称，清末张裕钊选施氏五律、姚鼐七律、郑珍古诗为三家诗，可谓具眼。沈德潜《清诗别裁集》评此诗谓："'野水'十字，(赵)令穰、(蔡)松年亦不能画，唐人'时有落花至，远随流水香'，同一自然。"

蒋　超(1625—1673)

字虎臣，自号华阳山人，金坛人。顺治进士，官翰林院编修。有《绥庵诗稿》。施闰章序其集曰：“虎臣天才爽敏，刻意好古，匠心独造，瑰瑰森拔，不肯一语犹人。”

金陵旧院①

锦袖歌残翠黛尘，②楼台塌尽曲池湮。
荒园一种瓢儿菜，③独占秦淮旧日春。④

【注释】

①金陵：南京。见程嘉燧《忆金陵杂题画扇》注①。旧院：明末南京歌妓聚居之所。余怀《板桥杂记》：“旧院人称曲中，前门对武定桥，后门在钞库。”曹大章《秦淮士女表》：“当时二十四楼，分列秦淮之市，其后遂毁，所存独六院而已，所艳独旧院而已。” ②锦袖、翠黛：代称歌妓。尘：尘土，代指死亡。 ③瓢儿菜：旧时南京春初的著名蔬菜。 ④秦淮：河名，在南京城南，旧时代歌妓居其傍。

【品评】

此诗写战乱后秦淮景物，由旧院一角以反映历史全面。全诗前后半作了对照，前半写歌女零落死亡，后半写瓢儿菜独如旧日。写瓢儿菜之占春，仍然是加倍衬托荒凉。诗人名句，后来成了掌故。厉鹗《秦淮怀古》有“荒畦尽种瓢儿菜”之句，吴锡麟取入骈文,有“一种瓢儿之菜”之句。此诗描写明亡后旧院的破残景象,抒写作者对明亡的感慨,出语蕴藉。沈德潜《清诗别裁集》评云:“极秾丽地偏写得荒凉如许,感慨系之。”俞陛云《吟边小识》云:“酣歌金粉之场,兴亡爝火。自慧业人(按:蒋耽禅悦)观之,不值一粲也。”邓之诚《清诗纪事初编》云:“可谓善于写悲。”

朱彝尊(1629—1709)

字锡鬯,号竹垞,秀水人。二十一岁客山阴,与祁理孙、祁班孙游,参与过郑成功、张煌言进军长江的密谋。事败避走他方。康熙时应博学鸿词试,官翰林院检讨。有《曝书亭集》。彝尊为浙派诗开山祖,与王士祯齐名,号北王南朱。早期诗宗唐,晚参宋人。洪亮吉说他"不能熔铸唐、宋,自成一家"。陈衍、沈曾植则盛称之。

晓入郡城①

轻舟乘间入,系缆坏篱根。
古道横边马,②孤城闭水门。③
星含兵气动,④月傍晓烟昏。
辛苦乡关路,重来断客魂。

【注释】

①郡城:指彝尊家乡秀水,宋时为嘉禾郡,故称。 ②边马:指南犯的清军兵马。不言胡马而言边马,清兵来自边地。 ③"孤城"句:杜甫有《题忠州龙兴寺所居院壁》:"孤城早闭门。" ④"星含"句:古代人认为某些星象预兆战事,如《史记·天官书》云:"五星入轸星中,兵大起。"《汉书·天文志》云:"太白,兵象也。"

【品评】

这诗是清顺治三年(1646)所作。时清兵南下已攻陷浙江，诗是经乱后所写。首句写乱后乘舟返郡城,水城门附近有清兵把守,戒备森严,故须钻空子乘隙,好不容易才进得城内。第二句写舟的停靠,着一“坏”字,便可看出是兵乱破坏的痕迹。第三句写胡马当路,第四句写郡城戒严,水关早闭。五、六句写远景,闪烁的星光中,似含兵气,昏昏的月色下,战烟犹存。从星象联系到兵气,以月色点染其晓色,“动”“昏”炼字,形象生动地反映了战乱中的景象。结语点明乡关,“重来”是乱后重归。“辛苦”言其归程的周折,“断客魂”总摄全篇。彝尊早期诗步趋盛唐,这首学杜甫得其沉郁苍凉的风格和造句的技巧,较之明七子的死学呆学,大有径庭。

董以宁(1629—1670)

字文友,号宛斋,武进人。诸生。少与陈维崧、邹祗谟、黄永,有毗陵四才子之目。有《董文友全集》。邓之诚谓其诗"乐府诸篇,皆有为而作"。

闺 怨

流苏空系合欢床,[1]夫婿长征妾断肠。
留得当时临别泪,经年不忍浣衣裳。[2]

【注释】

①流苏:帏幔上以五彩羽毛或丝线制成的穗状饰物。合欢床:夫妇卧床。关盼盼诗:"独眠人起合欢床。" ②经年:一年。浣:洗涤。

【品评】

此以第一人称写闺中妇人离别之恨,唐人多有此种写法。而这诗却从衣上留有夫婿临别时掉下的泪痕而不忍洗去落笔,则是闺怨诗中别开生面的。不忍洗去泪痕,则经年对此而怀念着长征的夫婿,见得思妇情深一往到断肠的程度,而怨自在言外。沈德潜《清诗别裁集》评云:"诗人写泪者多,无写到此者。"但这种构思,却不是这诗所独具,前于董氏的,有边贡《重赠吴国宾》云:"汉江明月照归人,万里秋风一叶身。休把客衣轻浣濯,此中犹有帝京尘。"李荫《浆洗房》云:"宫娥白首出宫门,却入闲房亦是恩。欲浣故衣还袖手,为怜中有御香存。"后于董氏的,有龚自珍《己亥杂诗》之一云:"亦曾橐笔侍銮坡,午夜天风伴玉珂。欲浣春衣仍护惜,乾清门外露痕多。"作法相同,但边、李、龚三诗都表示了忠于皇帝的封建意识,自不能及这诗纯粹抒夫妇别情之感人。

屈大均(1630—1696)

初名绍隆，字介子、翁山，番禺人。明诸生，清兵南下后，周游各地，联络抗清志士。明亡后曾为僧，改名今种，字一灵，中年还俗，更今名。有《道援堂集》、《翁山诗外》。其诗富于民族意识，风格高浑雄肆，兼有李白、杜甫之长。与陈恭尹、梁佩兰并称"岭南三大家"，而屈为之冠。

读陈胜传[①]

闾左称雄日，渔阳谪戍人。[②]
王侯宁有种？[③]竿木足亡秦。[④]
大义呼豪杰，先声仗鬼神。[⑤]
驱除功第一，[⑥]汉将可谁伦？[⑦]

【注释】

①陈胜：秦末农民起义的领袖。《史记》有《陈涉世家》。《汉书》有《陈胜项籍列传》，故题称陈胜传。　②"闾左"二句：《史记·陈涉世家》："二世元年(前209)七月，发闾左谪戍渔阳九百人，屯大泽乡。"闾左：秦时贵族富豪住在闾里的右边，闾左所居为贫苦人民。渔阳：在今北京市密云区西南。谪戍：调去防守边疆。　③"王侯"句：《史记·陈涉世家》："(陈胜)曰：'……且壮士不死即已，死即举大名耳，王侯将相宁有种乎？'"意谓从来的王侯将相都不是注定的。　④"竿木"句：贾

谊《过秦论》:“(陈涉)斩木为兵,揭竿为旗,天下云集而响应,赢粮而景从,山东豪俊,遂并起而亡秦族矣。” ⑤“先声”句:谓陈胜起事时,利用鬼神迷信,预先制造舆论。指传中所记陈胜置写有“陈胜王”的丹帛于鱼腹中及间令吴广于丛祠作狐鸣两事。见《史记·陈涉世家》。 ⑥驱除:《史记·秦楚之际月表》:“乡秦之禁,适足以资贤者为驱除难耳。” ⑦伦:比。

【品评】

此诗作于明亡以后,作者从反清复明的立场出发,歌咏陈胜,寄托自己抗清的思想,并期望有如陈胜一类举义抗秦的豪杰出来抗清灭清。事实上,当时南明抗清的志士,除士大夫将帅以外,还有过去李自成、张献忠部下的残余队伍与首领,如十三家、李定国等人都是。作者借陈胜以喻今,兼有双重的用意。起二句从闾左称雄说起,说抗秦首义,来自平民。接着三句说“王侯宁有种”,便顺理成章,四句落到亡秦的胜利效果,而义军的兴起,是不凭借有利的物质条件的。那么,何以能达到亡秦的目的?第五句作了回答,是由于以诛暴的大义号召天下豪杰大家奋起之故。第六句就陈胜起兵时利用鬼神制造舆论一事点染一下,真意似乎还在于:南明君民列祖列宗的威灵,是支持君民抗清的精神力量,可以依靠,这里不带有迷信成分。最后,以亡秦第一大功归于陈胜,认为是高出于汉朝开国大将如韩信诸人。这是石破天惊的议论,对农民军的尽情歌颂,是前所未有的。翁山诗对人民力量是抗清主要力量的发现,使爱国主义诗歌的思想高度达到一个新的水平,值得大书特书。

陈恭尹(1630—1700)

字元孝,号半峰,又号独漉山人,亦称罗浮布衣,顺德人。幼时,其父陈邦彦因抗清牺牲,他以避匿得免。以父荫,明桂王授为锦衣卫指挥佥事,桂王败后,避迹隐居。有《独漉堂集》。王士祯称其诗在"岭南三家"中"尤清迥拔俗"。

崖门谒三忠祠①

山木萧萧风又吹,两崖波浪至今悲。
一声望帝啼荒殿,②十载愁人拜古祠。③
海水有门分上下,江山无地限华夷。④
停舟我亦艰难日,畏向苍苔读断碑。⑤

【注释】

①崖门:崖门山,在广东南海中。宋末为抗元的最后据点,宋赵昺祥兴二年(1279)己卯,宋军战败,陆秀夫负宋帝昺沉海于此。三忠祠:为纪念宋末民族英雄文天祥、陆秀夫和张世杰所建的祠。文天祥、陆秀夫都是丞相,张世杰为将领。文天祥兵败被俘北上后殉节于北京。陆秀夫、张世杰殉难于崖门海中。 ②望帝:古蜀帝名,相传死后化为杜鹃鸟。《十三州志》:"望帝使鳖灵凿巫山治水有功,望帝自以德薄,乃委国禅鳖灵,号曰开明,遂自亡去,化为子规。" ③十载愁人:作者自称。作

此诗时距明亡已十年，故云。④限华夷：华夷的分限。夷：古代对异族称夷。⑤断碑：指表彰三位英烈的碑文。

【品评】

此诗为陈恭尹诗中最突出的名篇，借凭吊抗元的忠烈，抒写亡国之痛，实亦为抗清的英烈悼念，并自明志节。前四句和末二句，是写此题应有叙述。全诗精神，贯注在五、六两句，意谓海水尚有上、下门让海水流通，以中国之大，竟使汉人无立足之地，这是何等悲痛之事。这是大句，顶天立地。赵翼评曰：“此等雄骏句，虽李、杜、苏、陆，穷尽气力，一生不过数联，而独漉切定其地，不可移咏他处，尤难得。”黄遵宪《由轮舟抵天津作》“华夷万国无分土，人鬼浮生共转轮”一联，即胎息陈句，可见此诗影响之远。冯振评此诗云：“可谓沉郁豪宕，兼而有之。”

王士禛(1634—1711)

字贻上,号阮亭,又号渔洋山人,新城人。顺治进士,官至刑部尚书。谥文简。有《带经堂集》。士禛早为钱谦益所赏,后乃继钱主盟诗坛。论诗倡神韵,少作清丽澄淡,后转为苍劲。袁枚称其为“一代正宗才力薄”。而至清末,谭献仍有“本朝诗终当以渔洋为第一”的评价。

息斋夜宿,即景怀故园①

夜来微雨歇,河汉在西堂。②
萤火出深碧,池荷闻暗香。
开窗临竹树,高枕忆沧浪。③
此夕南枝鸟,④无因到故乡。

【注释】

①息斋:作者友人徐喈凤,宜兴人。顺治进士。息斋是其室名。 ②河汉:银河。 ③沧浪:水名,指汉水。这里借指故乡之水。 ④南枝鸟:《古诗十九首》:“胡马依北风,越鸟巢南枝。”是说禽兽也不忘故乡,暗示物尚有情,何况于人。这里以南枝鸟自况,寄作者思乡之情。

【品评】

此诗作于顺治十五年(1658)戊戌,时作者年二十五岁,方赴殿试，客北京，至九月始归里。此诗为即景感怀之作，于静谧幽清的夜景描写中，抒发了思念故乡的情怀，代表作者早期神韵诗的风格。首二句点息斋之夜，三、四句写即景，五句承前启后，六句落到夜宿及怀故园，末句因暂不得回乡而寄感，承第六句而翻进一层。这诗因三、四两句而著名。陈衍《石遗室诗话》云："渔洋山人自喜其'萤火出深碧，池荷闻暗香'之句，谓可拟范德机'雨止修竹间，流萤夜深至'二语。渔洋最工摹拟，见古人名句，必唐临晋帖，曲肖之而后已。持斯术也，以之写景，时复逼真，以之言情，则往往非由衷出矣。"按：此二句渔洋之友叶方蔼极喜之，取入《独赏集》。元范梈二句，题为《苍山秋感》。凌廷堪《读范德机诗口占》云："雨止修竹流萤至，此句见赏王渔洋。果然幽涩如鬼语，尚逊池荷闻暗香。"此论评范、王高下，殊有见地。钱锺书《谈艺录》云："'深碧'二字尤精微，下句'暗香'二字，花气之幽，夜色之深，融化烹炼，更耐寻味。"

再过露筋祠①

翠羽明珰尚俨然，②湖云祠树碧于烟。
行人系缆月初堕，门外野风开白莲。

【注释】

①露筋祠：庙名。在扬州以北，高邮以南。相传古代有女同嫂夜行，止道旁，嫂投田舍，女竟为丛蚊叮咬而死，筋露。后人哀之立庙。实则此为五代将军路金之庙。 ②"翠羽"句：翠羽明珰，古代女子的首饰，这里指祠中塑像的妆饰。珰：耳珠。曹植《洛神赋》："或采明珠，或拾翠羽。"俨然：宛然，好像真的。

【品评】

此诗为顺治十七年(1660)庚子夏,士祯任扬州推官,途经露筋祠所作。时作者二十七岁。《渔洋诗话》云:"陆鲁望(龟蒙)'无情有恨何人见,月白风清欲堕时'二语,恰似白莲,移用不得。在广陵,有《题露筋祠》云云,正拟其意。"这又是一个作者摹拟前人的自供。当然,也有作者自己的出色处。首句描绘祠中女神的塑像,后三句写祠外风光,湖云烟树,月堕风清,白莲吐香,烘托了女神像的芳洁。沈德潜《清诗别裁集》评云:"阐扬贞烈,易入于腐,故以题外着意法行之。高邮远近,俱种白莲。二语得陆天随'月晓风清欲堕时'意。"陆以湉《冷庐杂识》云:"王阮亭尚书《题露筋祠》诗云云。论者推为此题绝唱。按米襄阳(芾)《露筋祠碑》云:'神姓萧,名荷花。'诗不即不离,天然入妙,故后来作者,皆莫之及。"

查慎行(1650—1720)

初名嗣琏,字夏重,后更今名,字悔余,号初白,海宁人。康熙进士,官翰林院编修。有《敬业堂集》。其诗善用白描手法。赵翼曰:“梅村后欲举一家列唐、宋诸公之后者,实难其人。惟查初白才气开展,工力纯熟,鄙意欲以继诸贤之后。”

度仙霞关题天雨庵壁①

虎啸猿啼万壑哀,北风吹雨过山来。
人从井底盘旋上,天向关门豁达开。②
地险昔曾当剧贼,③时平谁敢说雄才?
煎茶好领闲僧意,知是芒鞋到几回!④

【注释】

①仙霞关:在浙江省江山市南仙霞岭上。岭为闽浙交界处的大山,为由浙入闽的必经之路。天雨庵:即在仙霞关附近。 ②关门:指仙霞关。 ③剧贼:康熙十三年(1674)甲寅到十五年丙辰间,耿精忠叛清,仙霞关一带曾经战事,剧贼当指此。 ④“知是”句:谓作者一生难有几回能到这里。芒鞋:草鞋。

【品评】

查慎行七律以清新取胜，此诗却是雄伟的风格，但仍然是以白描手法出之，不使用一个典故。袁枚《论诗绝句》所谓："他山书史腹便便，每到吟诗尽弃捐。一味白描神活现，画中谁似李龙眠？"可以当之无愧。这是旅途行役之作，一起渲染风雨中度关的氛围，虎啸猿啼，哀壑流响，使行人心惊魄动。三、四两句是中坚，三句状上关的费力，以"井底"为比，十分新颖，"盘旋上"写千回百折而上亦凝炼。四句陡换一境，写已到关门，豁然开朗，"天向""豁达开"，可谓大笔拿云。五、六句即事发议论，由"时平"而回想起昔年荡平"剧贼"一事，扣住"地险"，不脱"关门"。查初白所处，已是康熙大一统的盛时，英雄无用武之地，因而发出"谁敢说雄才"的喟叹，作为汉族士大夫的作者，必然有难言之隐，亡国之痛。雍正初，其弟嗣庭侍郎，坐讪谤伏法。作者亦被牵连入诏狱，幸得放归，不难理解其出仕清廷的不得已苦衷，而这句诗中"谁敢"二字的用意，不难于言外得之了。末二句归宿到天雨庵，淡淡作结。

赵执信(1662—1744)

字伸符,号秋谷,晚号饴山老人,益都人。康熙进士,官右春坊右赞善,兼翰林院检讨。曾南游至苏州、广东等地。有《饴山堂集》。执信为王士祯的甥婿,而论诗与王不合,著《谈龙录》以反对王的神韵说。服膺常熟冯班,自称私淑弟子。集中有若干讽刺现实、意义深刻之作。

赴登州留别康海①

微雨牵行色,离觞且对君。
预愁见何日,②不惜手轻分。
远海高于岸,空烟聚作云。
来朝倚仙阁,③吟望背斜曛。④

【注释】

①登州:州、府名,治所在今山东省蓬莱市。 ②预愁:未别先愁。 ③"来朝"句:来朝,来日。仙阁:指登州蓬莱阁,在城北丹崖山峭壁之上,北临渤海,间或能看到海市。 ④斜曛(xūn):西斜的落日余光。

【品评】

此诗为赠别友人之作。前四句写自己将赴登州前与友人的话别,首句说微雨的留住行踪,得以离筵小停,衔杯相对。三句预愁北行后归期未定，四句为眼前的轻易分手而觉得怅然。五、六两句写景，扣住登州的特点写。然此是留别诗，人还没有到登州，故诗中插此二句，是一种想象之词，为点题服务。末二句仍是预揣语，承五、六两句来，因那种奇景只能于“倚仙阁”时见之。“吟望”是边吟诗边回望友人所在的益都，益都在南，登州在北，自登州向南回望，就得背对着夕阳了。如此的预想，可谓细入毫发。至于全诗的精彩处，自在腹联，沈德潜《清诗别裁集》云：“五、六境奇语奇，‘空烟’五字，尤入微妙。”

徐　兰(1662左右—1730左右)

字芬若,一字芝仙,常熟人,久占籍天津。布衣。有《芝仙书屋集》。兰曾学诗于王士祯,士祯序其诗,称其"精悍雄拔,高者似供奉(李白)、嘉州(高适),其次亦在樊川(杜牧)、昌谷(李贺)之间"。王应奎称浙水沈用济"屈指近日虞山诗人,以君为第一"。

出　关[①]

凭山俯海古边州,旆影风翻见戍楼。[②]
马后桃花马前雪,出关争得不回头。

【注释】

①杨际昌《国朝诗话》引此诗题作《出居庸关》。康熙三十年(1691)丙子二月,清帝玄烨亲统军击噶尔丹,安郡王玛尔浑驻归化城(今内蒙古呼和浩特市),作者从安郡王出塞,故取道居庸关。居庸关见谢榛《榆河晓发》注②。　②旆:旌旗。戍楼:边防地的城楼。

【品评】

徐兰诗以出塞之作出名,此诗尤脍炙人口。绘写边地风光,抒写思乡之情。前二句写出关前望居庸关,气势雄壮,居庸关不是山海关,虽凭山,但去海尚远,无从俯海,诗句是夸张之笔。后二句写出关后回望,是特绝名句。杨际昌《国朝诗话》引此诗前二句作“将军此去必封侯，士卒何心肯逗留”，缺乏形象，与后二句不相称。沈德潜《清诗别裁集》评云：“眼前语便是奇绝语，几于万口流传，此唐人边塞诗未曾写到者。”杨际昌评云：“新警可传。”朱庭珍《筱园诗话》云：“徐芝仙塞外诸诗，境奇语奇，才力横绝，在昭代诗人中，另出一头地。其边塞诗，可谓独擅之技，实未易才。稚存（洪亮吉）、兰泉（王昶）、荔裳（杨芳灿）诸君，出塞篇什，并多佳章，然均不能及芝仙之奇横矣。”此一绝句，一勺水可知大海味。

黄 任(1683—1768)

字莘田，永福人。康熙举人，官四会知县。有《香草斋集》。集中存诗近千首，而七绝居三分之二。诗专学李商隐、杜牧、温庭筠、苏轼诸家的俊逸风格。五言古诗，则接近王维、孟浩然、常建、刘慎虚淡远高洁一路，亦有学元、白讽谕诗之作。

西湖杂诗 选一[①]

画罗纨扇总如云，[②]细草新泥簇蝶裙。[③]
孤愤何关儿女事？踏青争上岳王坟。[④]

【注释】

①西湖：在浙江杭州市之西，旧称武林水、钱塘湖、西子湖，自宋代开始，通称西湖。 ②画罗：绣有图案的罗衫。纨扇：绢做的扇。 ③簇蝶裙：韦氏子诗："惆怅金泥簇蝶裙。" ④踏青：游春。岳王坟：在浙江杭州西湖畔栖霞岭下。岳飞被害后，绍兴三十二年(1162)孝宗即位，昭雪飞冤，改葬于此。

【品评】

这是组诗十四首中之一。西湖名胜，指不胜屈，但特别能激发人们爱国精神的，只有岳王坟。虽然还有于谦坟，与岳飞同样的英烈，但于坟在南山幽处，知道的人却不多。就意义上说，凭吊岳坟，也包含了对于谦及一切封建时代爱国英雄的怀念。历来凭吊岳坟的诗很多，当然有出色的，陈陈相因缺少新意的也难免。黄任这一绝句，以少胜多，其佳处在于不着议论，通过小儿女的争相拜扫岳坟，反映怀念岳飞的人之多，突现了人民大众的爱国精神。前二句渲染儿女，从罗衫、纨扇、裙子几方面着笔，"总如云"，描绘了人群之多。"孤愤"，包括岳飞报国壮志未遂被害的孤愤及人们为岳飞冤死而愤痛的孤愤，这种孤愤，实质上是爱国精神。小儿女虽然不懂得岳飞抗金报国的事，也争相前来，反映怀念岳飞的人之多，爱国精神深深地扎根于人民的心头。诗句用"孤愤何关儿女事"反语一问，倍见力量。这首诗所以能长久以来为人们所爱诵，道理正在这里。

厉　鹗(1692—1752)

字太鸿,号樊榭,钱塘人。康熙举人。有《樊榭山房集》。鹗为浙派诗主要作家,主盟江南坛坫凡数十年。其诗风格清幽淡雅,长于五古、七绝,陈衍称其"在前清风行颇久,至近日而稍衰。然其参会唐、宋,于渔洋(王士祯)、竹垞(朱彝尊)外,自树一帜"。

理安寺①

老禅伏虎处,遗迹在涧西。②
岩翠多冷光,竹禽无惊啼。
僧楼满落叶,幽思穷攀跻。③
穿林日堕规,④泉咽风凄凄。

【注释】

①理安寺:一名法雨寺,旧时杭州名刹之一,五代时伏虎禅师栖息于此,因而知名。岁久已废,故址在杭州九溪两源合流处,理安山南麓。　②"老禅"二句:据钟毓龙《说杭州》载,在理安寺路之右,有猪头坞,相传为伏虎禅师化肉施虎之处。涧:十八涧。　③攀跻(jī):攀登。　④日堕规:太阳西落。规,圆规,状日形。

【品评】

此诗作于康熙五十九年(1720)庚子秋,为《九月五日南山纪游三首》之三。诗写古理安寺遗址的深秋景色,用力刻画出一个僻静野逸、断绝人间烟火的世外境界,风格幽敻清冷,是厉鹗杭州山水诗的典型代表作品。首二句从老禅伏虎写入理安寺,交代遗迹所在。三、四句写景,从色与声两方面托出静境。五、六句点节候与作者的游寺。末二语以晚景作结,暗示离寺归去。沈德潜《清诗别裁集》评云:"寒翠欲滴,野禽无声,非此神来之笔不能传写。"此诗可与阮大铖《过飞云室依韵酬无可上人》五古参看,比较其异同。

归舟江行望燕子矶作[1]

石势浑如掠水飞,渔罾绝壁挂清晖。[2]
俯江亭上何人坐?看我扁舟望翠微。[3]

【注释】

①燕子矶:在南京北郊观音门外岩山东北,矶石兀立江畔,三面凌空,状如燕子振翅欲飞,故名。 ②渔罾(zēng):鱼网。 ③翠微:青翠掩映的山腰幽深处,常用作山的代称。

【品评】

此诗作于乾隆八年(1743)癸亥。这年秋,作者客扬州,与友人方士庶、闵贞等游南京,于归途舟中经燕子矶下,作诗写景。诗中写燕子矶的高峻,全从"望"字着眼。首句生动,画能写静态,不能写动态,诗句却把石势写活了,可谓画所不到。次句开朗。特色在后二句，用笔曲折，设想奇特，刻意雕炼，而不着痕迹。陈衍《石遗室诗话》云："十四字中作四转折，质言之，为看他在那里，看我在这里，看他看我也。"吴应和《浙西六家诗钞》评云："过燕子矶，率多巨制，此则略不经意，二十八字，竟成绝唱。"吴评"略不经意"，未是，这是炼得自然，"成如容易却艰辛"也。

钱　载(1708—1793)

字坤一，号萚石，秀水人。乾隆进士，官至礼部侍郎。有《萚石斋诗集》。黄培芳谓其诗“大约不拘唐、宋，空所依傍，生面独开”。吴应和以为“自成一大家面目”。陈衍谓：“有清一代诗宗杜、韩者，嘉、道以前，推一钱萚石。”又云：“萚石斋诗，造语盘崛，专于章句上争奇，而罕用僻字僻典，盖学韩而力求变化者。”

到家作　二首[①]

豫章趋浙路非赊，[②]实荷皇恩感复嗟。[③]
白发为官长恋阙，[④]青山省墓暂还家。[⑤]
先公旧种多梅树，老圃全荒有藓花。[⑥]
同塾诸郎闻已尽，比邻翁媪访应差。[⑦]

久失东墙绿萼梅，西墙双桂一风摧。
儿时我母教儿地，母若知儿望母来。
三十四年何限罪，百千万念不如灰。[⑧]
曝檐破袄犹藏箧，[⑨]明日焚黄只益哀。[⑩]

【注释】

①此题凡四首，选一、二两首。作于乾隆三十九年(1774)甲午。　②豫章：今江西省南昌市。赊：长，远。　③荷：感戴。嗟：叹息。　④阙：皇宫门。　⑤省墓：扫墓。　⑥藓花：苔

藓。　⑦“同塾”二句:意谓当年同窗的好友和左邻右舍中的老一辈,都已去世。尽:谓尽死。比邻:近邻。差:误。　⑧“百千”句:灰,比喻死灰。不如灰:谓百千种希望不如破灭为好。　⑨曝檐:在屋檐下面晒衣服。　⑩焚黄:把封建王朝赐给的黄色封诰焚化在死人灵前。

【品评】

这题四首,三、四较差,不选。作者离家宦游数十年,至此得以准假省墓归家,怀着感嗟交集之情由南昌返回浙江。第一首写到家时物在人非的感触。前半首写归程。后半首写到家后情况,五、六句从景物着眼,七、八句从人事抒感。第二首追怀亡父母,写其赤子之哀。一起从景物写入,回应第一首五、六句。三、四句抒哀深刻曲折,此等笔墨,后来惟郑珍诗中有之,句法亦独创。五、六句直接写哀。结语更从焚黄增痛作加一倍写,尤见力量。吴应和评此诗:“如怨如慕,如泣如诉,真是血性所发,故沉痛如此,不必于字句论工拙,气体辨家数。”张维屏云:“此诗具万钧力,总是少陵嫡派,香山、放翁则雁行耳。”又谓:“字字沉实,字字动荡,其佳处未尝不从古人来,却能于古人之外自成面目。”

袁　枚(1716—1798)

字子才,号简斋,钱塘人。乾隆进士,官江宁知县。辞官后侨居江宁。有《小仓山房集》。枚为清中叶性灵诗派首领,与赵翼、蒋士铨合称三家。枚并著《随园诗话》,宣扬其性灵主张,影响颇广。吴应和谓其诗有"轶群之才,腾空之笔,落想不凡,新奇眩目,诚足倾倒一世"。金天羽曰:"嘉、道间,诗教凌迟,谄言躁行之徒接迹,则仓山之烈也。"

鸡

养鸡纵鸡食,[1]鸡肥乃烹之。
主人计固佳,不可使鸡知。

【注释】

①纵鸡食:让鸡吃饱。纵,放任。

【品评】

沈德潜倡格调,其诗实不过如明七子之伪体。袁枚矫之以性灵,又流于浮滑,潘德舆《论诗绝句》所以有"蒋袁王(文治)一成家,六义颓然付狭邪"之讥。然袁诗亦有胆力惊人不可及处。这首《鸡》,是寓言体的讽谕小诗,寥寥二十字,短小精悍,历来剥削者对劳动者使用小恩小惠以求大利的欺骗伎俩,尽情揭露。通篇从人们习见的日常生活中提炼素材,赋予深刻的主题，诗笔诙谐，讽刺强烈。出于封建时代文人之手，良不易也。五四时期刘大白曾于杭州城站四美泰酒店壁间所挂画鸡横幅上见此题诗，因于所著《旧诗新话》中评云："一切资本家豢养劳动者，男性豢养女性，军阀豢养兵士……的阶级豢养的背景，都被这几句诗道破了。不料旧诗中竟有这样的象征文字。"

马　嵬①

莫唱当年《长恨歌》，人间亦自有银河。②
石壕村里夫妻别，③泪比长生殿上多。④

【注释】

①马嵬：在陕西省兴平市西。相传晋人马嵬在此筑马嵬城，故名。唐安史之乱起，玄宗自长安西奔成都，缢死杨贵妃处，即此。白居易《长恨歌》云："马嵬坡下泥土中，不见玉颜空死处。"　②银河：隔断牛郎织女的天河。这里用此传说，比喻硬把亲人拆散的罪恶势力。　③石壕村：地名，在河南省陕县东南。杜甫《石壕吏》描述安史之乱时，自己投宿石壕村，亲身接触到的差吏抓丁应役，迫散一对老夫妻的惨状。　④"泪比"句：长生殿，唐朝皇帝的斋宫。白居易《长恨歌》："七月七日长生殿，夜半无人私语时。"把它写成玄宗、贵妃定情的场所。这里说长生殿上二人的泪，更是出于袁枚想象。

【品评】

这题共四首，这里选第四首。作者巧用《长恨歌》故事与同是反映安史之乱的《石壕吏》诗本事作对照，表达了玄宗与贵妃的生离死别并不值得同情的观点，说明只有民间夫妻的爱情才是真挚的，决非宫廷的帝妃可比。以玄宗与杨妃的生死相隔作衬垫，说世上遭受生离死别的人还很多。把深沉的同情倾注在穷苦老百姓身上。用对比法，富有新意。借古喻今，爱憎分明。

蒋士铨(1725—1785)

字心余、清容、苕生,号藏园,铅山人。乾隆进士,官翰林院编修。有《忠雅堂集》。袁、赵、蒋三家诗中,蒋较有风骨。王昶以为:“苕生诸体皆工,苍苍莽莽,不主故常。”谭献在《复堂日记》中以与黄景仁并举,称“心余沉雄,仲则俊逸,鼎足殆难其人。”

题 画

不写晴山写雨山,似呵明镜照烟鬟。①
人间万象模糊好,风马云车便往还。②

【注释】

①呵:责。烟鬟:指青山妩媚之态。明镜照烟鬟,形容晴山的形象鲜明。 ②风马云车:神仙所乘。语本傅玄《吴楚歌》:“云为车兮风为马,玉在山兮兰在野。”

【品评】

朦胧,是一种美的意境。就山水画的艺术来说,懵懂迷糊,也是一种画境,宋代米友仁的画就是这样。邓椿《画继》云:“元晖(友仁字)被遇光尧,既贵,甚自秘重。众嘲之曰:‘解作无根树,能描懵懂云。如今供御也,不肯与闲人。’”这首题画诗,表现了对朦胧画境的肯定,对“不写晴山写雨山”的同意,对“明镜照烟鬟”那样不写雨山写晴山的不满,这是就画论画的一种艺术观点。然而作者的用意还不限于此，后半首说在云气模糊之中，神仙乘车自在往来，进一步借喻，对人世的事情，乐得糊涂看待，不值得去自找麻烦和苦恼。这里意有双关，表现了作者的人生哲学。这是老庄一派的道家消极思想，但也是从处世经验中获得的经验，在旧社会士大夫中有一定的市场。

赵　翼(1727—1814)

字云崧,一字耘松,号瓯北,阳湖人。乾隆进士,官至贵西兵备道。有《瓯北诗钞》。赵翼为学人,长于史学。论诗主张推陈出新,反对摹拟。集中多以文为诗之作。张维屏谓其"七古才气奔腾,时见剽滑;五七律多工巧奇警之句,然力求工巧,可称能品,却非诗家第一义也"。

闲居读书

后人观古书,每随己境地。①
譬如广场中,环看高台戏。
矮人在平地,举头仰而企。②
危楼有凭槛,③刘祯方平视。④
做戏非有殊,⑤看戏乃各异。
矮人看戏归,自谓见仔细。
楼上人闻之,不觉笑喷鼻。⑥

【注释】

①境地:境遇。　②企:踮起脚跟。　③危楼:高楼。　④"刘祯"句:刘祯,东汉末年人,建安七子之一。曹丕为太子时,招宴刘祯等人,丕命夫人甄氏出拜。"坐中众咸伏,而祯独平视。"遂以不敬得罪。事见《三国志·魏志·王粲传》。平视,面对面直看。　⑤非有殊:没有什么不同。　⑥喷鼻:打

喷嚏，形容发笑。

【品评】

此诗作于乾隆五十一年(1786)丙午，一组共六首，此首原列第六。诗以观剧为喻，说明由于各人的立场、水平的不同，读书的见解、收获也随之而异，讽刺了那些见浅识短的所谓高明者。诗语生动传神，浅显明白，诙谐有趣，颇能代表作者这类五古的风格。全诗通过形象以说理，透辟精当，具有较强的说服力。作者还曾用同样的比喻以说诗，《瓯北诗钞》中有《论诗》绝句五首，其中一首云："只眼须凭自主张，纷纷艺苑漫雌黄。矮人看戏何曾见，都是随人说短长。"可以互参，"随人说短长"比"自谓见仔细"者，其病痛更甚。

黎　简(1747—1799)

字简民，号二樵，广东顺德人。乾隆拔贡。有《五百四峰草堂诗钞》。他与宋湘同为乾隆年代广东的名家。张维屏曰："二樵生平擅诗、书、画三绝。其诗由山谷入杜，而取炼于大谢，取劲于昌黎，取幽于长吉，取艳于玉溪，取瘦于东野，取僻于阆仙，锤焉凿焉，雕焉琢焉，于是成其为二樵之诗。"浙东姚燮受其影响最深。

高峰隘①

高峰双壁路，一线袅悬空。②
马歇嘶云表，人来出石中。
田青四月雨，③天黑八蛮风。④
莫自悲行役，春天搅断蓬。⑤

【注释】

①高峰：山名，在广西省南宁市北。隘：狭窄险要的通道。宋庆和《高峰隘记》："武缘（今属广西省武鸣区）十有九隘，皆崎岖不可行，其蜿蜒重复且四五十里，惟高峰最险。"　②袅：细长曲折貌。　③"田青"句：自注："武缘四月始种，与他处异。"　④八蛮：《周礼·职方氏》："四夷、八蛮、七闽、九貉、五戎、六狄之人民。"注："南方曰蛮。""四、八、七、九、五、六，周之所服国数也。"这里泛指南方少数民族聚居之处。　⑤断蓬：蓬

草枯后根断,遇风飞旋无定处。喻到处漂泊的人。

【品评】

此诗叙写隘道的危峻和行旅的艰辛。高与险,是描写的眼目,而以行役贯注其中,高峰之高与隘路之险,俱于行役者身所经历上体现出来。两崖削壁,中通一线险路,用"袅"字与"悬"字,写得心旌摇摇。第三句写高,马力疲而"歇"而"嘶",纸上有声。第四句写险,人是从石缝中挤出来,其危可知,而造句也奇绝险绝,令人惊心动魄。上半首高险已写足,接着第五句写特殊的节候,第六句写特殊的风色,"青,"黑"着色得好。最后结出行役,强自宽慰。而行役之所以可"悲",正是由于上半首所写出生入死的境地而来。全诗描写,总的又显得"奇"不可比,力透纸背。洪亮吉《北江诗话》称黎简诗"如怒猊饮涧,激电搜林"。专状此诗,更见切当。

黄景仁(1749—1783)

字汉镛,一字仲则,武进人。纳资为县丞,未补官而卒。有《两当轩集》。诗学李白、韩愈、李商隐,多写个人不遇,亦有反映现实之作。影响直至道光前后。张维屏曰:“仲则天分极高,无所不学,亦无所不能。至下笔时,要皆任其天之自然,称其心所欲出,乾坤清气,独往独来。此仲则之所以不可及也。”

山馆夜作①

长夜山窗面面开,江湖前后思悠哉。②
当窗试与然高烛,③要看鱼龙啖影来。④

【注释】

①此诗作于杭州吴山绝顶的道馆。 ②“江湖”句:吴山东南是钱塘江,北面俯临西湖。 ③然:通“燃”,点燃。 ④啖(dàn):吃。

【品评】

此诗为乾隆三十八年(1773)癸巳作者游杭时于吴山绝顶道馆中所写。一题凡三首,这里选第三首。写作者心神远寄,便当窗点燃起高烛,以观“鱼龙啖影”的诡异景象,鱼龙远在江中,所以要举高高的烛,而不是一般的烛。全首借景而发奇想,运笔飘逸，称心而出。吴嵩梁谓黄景仁诗“有时造意入微妙，游丝袅空影迟回”，此诗可以代表。前二句只是点明山馆之夜，轩窗四开，俯揽江湖而引起遐思，都是为后二句伏线。奇处在后二句，王文濡评云：“浑灏流转，有太白‘巨鳌莫驾三山去，吾欲蓬莱顶上行’气象。”景仁成名的诗作是《观潮行》、《后观行》，袁枚《论诗绝句》比之于李白，以为“看潮七古冠钱塘”。其实那两篇诗在《两当轩集》中，还不是高唱，还不如这一小绝句，尺幅中有千里之势，写到鱼龙，也隐含江潮在内，这才够得上王昶评景仁诗所云“疏瀹灵腑，出精入能”。

宋　湘(1756—1826)

字焕襄,号芷湾,嘉应州人。嘉庆进士,官至湖北粮道。有《红杏山房诗钞》。宋湘为清中叶岭南诗人之杰出者,与黎简双峰并峙。黎以雕炼胜,宋以自然胜。宋能以古诗手法写七律,用硬笔写七绝。其乡人黄遵宪之诗,受他的影响颇大。集中同情人民、反映现实的作品最有价值。

木棉花①

历落嵚崎可笑身,②赤腾腾气独精神。
祝融以德火其树,③雷电成章天始春。④
要对此花须壮士,⑤即谈风绪亦佳人。⑥
不然闲向江干者,未肯沿街买一缗。⑦

【注释】

①木棉花:落叶乔木,先叶开花,大而红,又称“英雄树”,盛于岭南。　②历落嵚崎:本指山的高峻,后常以比喻人的杰出不群。《世说新语・容止》:“周伯仁道桓茂伦,嵚崎历落可笑人。”　③“祝融”句:祝融,传说中的火神。《礼记・月令》:“孟夏之月……其神祝融。”郑玄注:“此赤精之君,火官之臣。”德:古代方士有“五德”之说,以帝王受命所值五行为德,值火运为火德。火其树:木棉花红色,故云。火,作动词用。　④“雷电”

句：雷电成章，语本《易·噬嗑》："雷电合而章。"按此卦震上离下。《正义》云："《易》之为体，取象既多。……若取合义，则云离震合体，共成一卦也。"章：明，彰明之意。天始春：谓惊蛰以后，雷电发作，始显春令。电光赤，故以喻木棉花，此句谓木棉花开，春天始到。 ⑤对：相配。 ⑥"即谈"句：谓如果要议论木棉花的风姿，那么，木棉花也该是个佳人。风绪，风姿。 ⑦"不然"二句：谓如果不是这样，人们就不会舍得花一贯钱买下一束木棉花了。江干：江边。一缗（mín）：一贯钱。买一缗：以一贯钱买下。

【品评】

这诗是咏物言志之作。前半首先赋予木棉花"历落嵚崎"之人格；并从花的颜色上落笔，写他"赤腾腾"的冲天气概，精神百倍，独立于花世界而没有匹敌。然后说是传说中的火神祝融给予他火一般红色，以帝王火德当运来歌颂他，同时点明在惊蛰后雷电发作的春色放花，突出此花的不同凡俗。清诗人咏梅花有句云："此花未放尚无春。"构思相同，但彼诗婉约，而宋湘此句清刚，风格不同。三、四句用硬笔，用文章句法，都是宋湘独创的，前代名家从未有过。特别是这两句运用了《礼记》、《周易》郑玄注、孔颖达《正义》等儒家经典，融化为诗句，不着痕迹，不落掉书袋习气，锻炼成这样顶天立地的大句奇句，可算得不辜负这"英雄树"，够得上真正知己。后半首为议论。认为只有壮士才能和他相配，因其风姿也该是个佳人；人们舍得花钱买一束木棉花，正说明其可爱。作者借花以抒发独立不群的豪情。手法上以文为诗，多用虚词，为后来黄遵宪诗的先导。宋湘以广东人咏木棉花，本地风光，当行出色。在湘以前，岭南三家屈大均、梁佩兰各有《南海神庙古木棉歌》，陈恭尹有《木棉花歌》，寄托故国之感。宋湘所处时代不同，就花言志，且是七律，以概括胜前人。读者可以取相比较。

王　昙(1759？—1817)

一名良士，字仲瞿，秀水人。乾隆举人。有《烟霞万古楼集》。王昙诗以奇诡纵肆擅长。舒位曰："王仲瞿七言古诗，别有天地。以予所见，侪辈之作，罕遇其敌。"龚自珍谓"其人一切奇怪不可迩之状，皆贫病怨恨，不得已诈而遁焉者也"。谭献评其诗"一往清折，未免疏犷，世以为奇，乃正病其无奇"。

焦山夜泊[①]

华严灵馆压嶕峣，[②]一片风烟接寂寥。
大地星河围永夜，[③]中江灯火见南朝。[④]
鱼龙古寺三秋水，神鬼虚堂八月潮。[⑤]
独上数层扪北极，[⑥]满天风露下银霄。[⑦]

【注释】

①焦山：见阮大铖《宿焦山双峰庵月下闻潮》注①。　②"华严"句：华严灵馆，即华严阁，在焦山。嶕峣(jiāo yáo)：高耸貌。　③永夜：犹长夜。　④南朝：即宋、齐、梁、陈四朝，见钟惺《上巳雨登雨花台》注②。长江南北岸，为六朝统治之地。　⑤虚堂：空堂。　⑥扪北极：摸到北极星，极言山高。　⑦银霄：银河在天上，故云。

【品评】

此诗为纪游之作，描述雄奇壮阔的焦山夜景，是属于正宗型的七律，而又无明七子的摹拟习气和空架子，又和王昙其他怪诞或粗率的作品不同。题是“夜泊”，但全诗不写“泊”字，入手即开门见山，径写华严阁的高峻，“一片”句涵盖了整个空间，引起下面六句。“大地”句写天上星河，即银河及其他星辰，众星在长夜中包围了大地，不是说大地有星河。“中江”句写江中，焦山在江中心，所以南北两岸都可以望到。两岸古代都是南朝统治之地，见到两岸辉煌的灯火，便是见到了南朝繁华的景象。五、六句落到华严阁所在的佛寺，“鱼龙”“秋水”承上句的“中江”来；“神鬼虚堂”句脱胎于朱彝尊《题南昌铁柱观》：“阴洞蛟龙晴有气，虚堂神鬼昼无声。”朱诗又是学自李梦阳的“绝壁暗愁风雨至，阴崖深护鬼神朝”。王昙在这里也写得幽灵恍惚，如入异境。最后写独上绝顶，带着满天风露，白银色夜空飘然而下，大有“挟飞仙而遨游”的神气。可以说，这是一首在《烟霞万古楼集》里难得的力作。

张问陶(1764—1814)

字仲冶,号船山,遂宁人。乾隆进士,官莱州知府。有《船山诗草》。船山为袁枚以后性灵诗派代表作家,诗亦不免染其习气,古诗有叫嚣剽滑之病,近体则空灵、沉郁、刻入、清超,兼擅众美。张维屏总评其诗为“生气涌出,生趣飞来”,谓其近体,“几欲于从前诸名家外又辟一境”。

十六夜雪中渡江

故人折简近相招,①一舸横江路不遥。
醇酒暗消京口雪,②大帆平压海门潮。③
扬州灯火难为月,吴市笙歌剩此箫。④
那管风涛千万里,妙莲两朵是金焦。⑤

【注释】

①折简:裁纸写信。 ②醇酒:醇厚的好酒。京口:即今江苏省镇江市。京口自古即以酒著名,晋桓温有“京口酒可饮”之语,见《晋书·郗超传》。 ③海门:山名,在长江中,与焦山相近。 ④“吴市”句:语出《史记·范雎传》:“伍子胥……鼓腹吹篪,乞食于吴市。”后因称乞食街头为“吴市吹箫”。篪,竹管乐器,原文又作“箫”。吴市,这里借指镇江。 ⑤金焦:金山和焦山。

【品评】

此诗记应邀赴友人宴后归途过长江时的欢快、豪迈和落拓的复杂心情。首二句是叙述，交代清楚应友人招饮后渡江的事，一船横截长江而行，从后一句的京口酒后和这句所说江路不远，就可知道他是渡江北上赴扬州。第三句承第一句"折简""相招而来"，写一杯酒落肚，浑身发热，竟使雪也融化了。"暗"字用得细致，因是酒醉，雪的被融化不曾觉得，好像暗中融掉了一样。顺带把题目中"雪"字在这里托出，倒叙得妙，如果在首句便写于京口雪中饮宴，不免平顺。第四句紧承第二句的"一舸横江"，大帆上飞满着雪，帆重船也重，海门山边的江潮，竟像被平压下去。这种大句，是用夸张手法写，笔力有千钧之势。第五句写望中的目的地扬州，扬州灯火是唐、宋以来屡见于诗人描写的，他是那么的辉煌，连月儿也要显得失色。"难为月"是虚说，无非是极力反衬灯火，用在扬州，又因唐人徐凝《忆扬州》有"天下三分明月夜，二分无赖是扬州"名句之故。否则雪中渡江，怎能看到月。第六句一下子落到作者本人，虽然未必乞食，却有落拓之感，正如杜牧诗所谓"落拓江湖载酒行"、"十年一觉扬州梦"的味儿。末二句精神又一振，千万里风涛不在话下，眼中看到的金、焦二山，被皓雪装扮一新，竟像西方净土佛国的两朵妙莲花一般。二句合起来品味，这是壮美的意境，作者带着读者进入一个诗的世界而陶醉着。

舒　位(1765—1815)

字立人，号铁云，大兴人。乾隆举人，曾参黔南军幕。有《瓶水斋诗集》。赵翼称其诗“能于长吉(李贺)、玉溪(李商隐)之外自成一家”。陈文述谓其“以奇博创获，横绝一世”。龚自珍称其诗风格为“郁怒”。谭献谓其“才俊气逸，可谓诗豪”。

杨　花[①]

歌残杨柳武昌城，[②]扑面飞花管送迎。
三月水流春太老，六朝人去雪无声。[③]
较量妾命谁当薄，[④]吹落邻家尔许轻。[⑤]
我住天涯最飘荡，看渠如此不胜情。[⑥]

【注释】

①杨花：柳絮。　②“歌残”句：歌残，指歌楼上的歌声停歇。杨柳武昌城：古乐府有《折杨花曲》。《晋书·陶侃传》：“侃尝课诸营种柳，都尉夏施盗官柳，植之于己门。侃后见，驻车问曰：‘此是武昌西门前柳，何因盗来？’”　③“六朝”句：六朝，见钟惺《上巳雨登雨花台》注②。六朝人指歌妓。雪，谓杨花如雪。郑谷《东蜀春晓》：“潼江水上杨花雪。”　④较量：相比，比较。当：该当。　⑤尔许：如许，如此。　⑥不胜：不尽。不胜情：情思无限。

【品评】

古代诗文中常以杨花的轻飘不定比喻用情不专一的女子。此诗摒弃此义，以杨花的飘摇无定，比喻生活在社会最底层的生活无着的歌妓，描写了她们不幸的命运，并写出了她们高洁的情怀。以杨柳比妓，不是没有先例。敦煌曲子词《望江南》一首云："莫攀我，攀我太心偏。我是曲江临池柳，这人折了那人攀。恩爱一时间。"这是采用以柳为第一人称反映妓女内心痛苦的作品。舒位此诗，同样以杨花比歌妓，但不用第一人称，而从作者的角度去看。首句写武昌城杨柳歌残，实以此展示了歌妓的命运。次句语义双关，明写飞花，暗指歌妓。送迎，是说迎送狎妓的客人。三句三月水流，暗用苏轼《水龙吟·次韵章质夫杨花词》"春色三分，二分尘土，一分流水"意，以切杨花。春太老，形容春天将尽，暗指歌妓的青春将逝。四句比喻这些女子悄无声地消失了。五句把这些歌妓的命运和杨花比较，谁为最差。六句说他们如同杨花一样到处飘零，被人轻视。结语作者又以杨花自喻，直接表达深厚同情。七句语本宋人石悫绝句："我比杨花更飘荡，杨花只是一春忙。"清人黄任以《杨花》一绝句得"黄杨花"之名，但黄诗只是写一般离别，思想深度不能与此诗伦比。

陈　沆(1785—1825)

字秋舫，号太初，蕲水人。嘉庆进士，官翰林院修撰、四川道监察御史。有《简学斋诗存》、《白石山馆手稿》。魏源曰："空山无人，沉思独往，木叶尽脱，石气自青，羚羊挂角，无迹可寻……渔洋山人能言之，而不能为之也。秋舫其庶几乎！"陈衍称其诗为道光以来清苍幽峭一派之祖。

扬州城楼①

涛声寒泊一城孤，②万瓦霜中听雁呼。
曾是绿杨千树好，③只今明月一分无。④
穷商日夜荒歌舞，乐岁东南困转输。⑤
道谊既经功利重，⑥临风还忆董江都。⑦

【注释】

①扬州：见钱秉镫《扬州访汪辰初》注①。　②泊：迫近。　③绿杨：王士祯《浣溪纱·红桥》词："绿杨城郭是扬州。"　④"只今"句：翻用徐凝《忆扬州》："天下三分明月夜，二分无赖是扬州。"　⑤乐岁：丰年。转输：指为朝廷转运输送物资。　⑥"道谊"句：反用《汉书·董仲舒传》语："夫仁人者，正其谊，不谋其利，明其道，不计其功。"谊，同"义"，古今字。　⑦董江都：董仲舒官江都王相。

【品评】

此诗为伤时感世之作，以当时在扬州所见，揭露了嘉庆、道光年间在清朝封建统治下的黑暗、腐朽的社会面貌。首两句写在阴冷气氛中的扬州城，寒涛声与万瓦霜，声与色融成一片。“雁”是鸿，“雁呼”，是哀鸿的叫声，比拟流民的呼喊。作者在“听”的过程中，激起了沉思，这就为三、四两句作了先导。“曾是”句谓昔时的扬州景色妍美，“只今”句说今日的扬州已大不如前，过去三分明月有其二，如今一分也无，见得扬州已经破敝。前句正面用王士祯词意，下句反用徐凝诗意，更深入了一层。运用古语作今昔对比，重心在下一句的“今”。由四句的形象描写，具体到五、六两句的现实内涵。嘉、道年间，扬州盐商已是外强中干，但仍过着穷奢极欲的生活，这是一面；对照着的，虽在丰收年头，商人也有为政府输供物资的负担，老百姓更是为劳役而疲于奔命，这是又一面。结语以议论为抒情，反用董仲舒语，责扬州商贾只重功利、不顾道义的卑劣品质，因而怀念汉代儒者董仲舒。也就是指出精神文明、道德教养的重要。扬州是当时财富的集中地，国内外商业的重心，揭露扬州社会的腐朽，也即是全面揭露了中国社会的腐朽，具有典型意义。吴嵩梁评曰：“五、六句纪实语，非忧时者不能道出。”魏源评曰：“末二句真杜。”龚自珍评曰：“裂笛之作。”

龚自珍(1792—1841)

字璱人,更名巩祚,号定庵、羽琌山民,仁和人。道光进士,官礼部主事。有《定庵全集》。自珍为近代学术思想的启蒙学者,其诗能开拓新宇,气势磅礴,色彩瑰丽,影响清末诗界革命派及南社诗人。"同光体"首领沈曾植亦称之为"奇才",以为"定庵之才,数百年所仅有也"。

猛 忆

狂胪文献耗中年,① 亦是今生后起缘。②
猛忆儿时心力异,一灯红接混茫前。③

【注释】

①胪:陈述。 ②后起缘:佛家语。人的思维活动前后相续,某种意念的最初一瞬间名第一念,有决定作用。从第二念起,名后起。见《俱舍论》。这里是借用佛语,意谓从事文献整理,是我后来(中年)的事。缘:因缘。 ③混茫:混沌蒙昧,指上古人类未开化的状态,亦指混沌未分状,这里兼有两义。

【品评】

这是一首通过瑰异的形象以言志的诗,作于道光七年(1827)丁亥,时作者三十六岁。虽从儿时灯下读书落想,本于陆游《秋夜读书每以二鼓尽为节》诗"青灯有味似儿时"意,但造语奇特,表达了作者在童年读书时代,就有探索真理、凿破洪荒的独创精神和启蒙志愿。首句说自己的中年时代耗心力于著书立说中，并不是妄自夸言，是有事实的。沈曾植《龚自珍传》云："父丽正，为金坛段玉裁婿，能传其学。自珍幼秉异姿，聪俊绝常伦，博通古今，精六书音韵之学，兼能读蒙古、西番、天竺字书。生平著作等身，出入于九经七纬诸子百家。其于经通《公羊春秋》，于史长西北舆地，其为文以六书小学为入门，以周、秦诸子吉金乐石为崖郭，以朝章国故世情民隐为质干，尤好西方之书，自以为造深微云。"而这种后起因缘，却早在童年有独辟洪荒的非凡思想，开了先路，诗句用"猛忆"二字陡然一转，落到了主题。就诗歌艺术方面说，通首跌宕，固是定庵本色，而"狂"字"猛"字的选用，也体现了力量。"红"灯的绚烂，照破"混茫前"的漆黑一片，色调也大大出人意外。瞿秋白《儿时》一文曾引此诗以赞扬"永久的青年"。

梦中作四截句十月十三夜也　选一①

黄金华发两飘萧，②六九童心尚未消。③
叱起海红帘底月，④四厢花影怒于潮。

【注释】

①此题共四首，所录原列第二首。截句：绝句。　②华发：花白头发。飘萧：零落貌。　③六九：六岁到九岁，童年时代。　④叱：呼喝。海红：大红色。

【品评】

此诗与《猛忆》同为道光七年(1827)丁亥作。组诗四首，这里选了第二首。《猛忆》是表达自己的启蒙初愿和童时所致力，此诗则表现自己对那种进步思想必然能鼓舞大众取得效果的信心。诗题“梦中作”，实以“纪梦”形式抒发情怀。首二句言岁月虽然不饶人，自己黄金用罄，中年已经两鬓花白，但是《猛忆》诗中那种“一灯红接混茫前”的童心并未消失。而且渴望唤醒国人，追求四方大地光芒辐射的理想世界。诗借童稚之幻想，倾吐心声，磊落不平之气喷薄而出，充满浪漫主义情调。第三句叱起帘底月，脱胎于李贺《秦王饮酒》的“酒酣喝月使倒行”而反用，“叱”义同“喝”。末句脱胎于孙星衍夫人王采薇的名句“四山花影下如潮”，而另寓新意。比起帘底月，有“先知觉后知”，唤醒中国人之意。月色一上，花影如潮涌现，暗示醒觉而奋起者之多。这一“叱”，是必不可少的。作者散文中《尊隐》一篇，期待“山中之民”“有大声音起”，起来变革社会，一诗一文，寄托的是同样希望。

己亥杂诗　选一①

九州生气恃风雷，万马齐喑究可哀。②
我劝天公重抖擞，③不拘一格降人材。

【注释】

①己亥：道光十九年(1839)。这年作者四十八岁，因不满于清朝官场的黑暗，辞官去京返杭。后因接眷属又往返一次。这一年往返京杭道中，共作七绝三百一十五首，统名《己亥杂诗》。这里选录的一首，原列第一百二十五首。作者自注：“过镇江，见赛玉皇及风神、雷神者，祷祠无数，道士乞撰青

词。” ②万马齐喑：语出苏轼《三马图赞序》：“振鬣（马鬃）长鸣，万马皆喑。”喑（yīn），哑。 ③抖擞：奋举，振作精神。

【品评】

龚自珍的《己亥杂诗》，是自传式的大型组诗，是宋末汪元量以后这一诗歌体式的新发展。程金凤评赞说：“行间璀璨，吐属瑰丽”，“声情沉烈，悱恻遒上，如万玉哀鸣。”这和贝青乔《咄咄吟》内容集中反映鸦片战争甬东之役者不同，也和后来黄遵宪《己亥杂诗》的风格有异。这一首是自珍《己亥杂诗》中最突出的一首，最能体现作者的精神及对时代的要求。作者就眼前赛神会的玉皇等形象，巧妙地联系到“天公”、“风雷”进行构思，表现了清王朝统治下人们的思想十分压抑，社会一片死寂的“万马齐喑”的现实。这一现实是“可哀”的，作者在召唤着巨大的社会变革风雷的到来，期待着生气勃勃的新局面的出现。新局面是不可能自动出现的，他要依靠人才去破坏旧世界，缔造新世界。而人才需要多种多样，不应嵌在一个框子里。这首诗的重心，前半提出了“生气”问题，后半提出了人才的“不拘一格”问题，这是个新问题，作者要求人们去重新考虑，振奋起来，以达到改造世界的目的。这诗的启蒙意义就在于此，两诗句当然是健笔拿云的。

姚 燮(1805—1864)

字梅伯，号复庄、大梅山民，镇海人。道光举人，选知县未赴，有《复庄诗问》。其诗题材多样，刻画山水，描绘歌舞音乐，反映民生疾苦社会问题等都佳，尤其以有关鸦片战争之诗为最突出，有诗史之称。风格奇肆秾丽，兼杜甫、李白、李贺、李商隐之长，并受黎简影响。潘德舆称其“生峭幽异，迥绝辈流”。

澄灵涧[1]

玉局三生梦，[2]人间石铫泉。[3]
炼心初夜月，[4]洗耳再来禅。[5]
大海无真岸，[6]空山有逝川。[7]
远公余旧屐，[8]谁结听琴缘？[9]

【注释】

①澄灵涧：浙江普陀山胜景之一，在圆应峰下，绕舍利塔北流。 ②玉局：苏轼曾为玉局祠官，故称苏玉局，作者借以自指。又因相传苏轼前生为戒禅师，自云八九岁时曾梦其身为僧，往来陕石，其母孕轼时，亦梦一僧来托宿。其后苏辙与云庵禅师、聪禅师同梦出城迎戒禅师，醒后轼到。事见惠洪《冷斋夜话》。诗中所以说“玉局三生梦”。三生：佛家谓前生、今生、来生。 ③石铫泉：泉名。铫(diào)，有柄的小型烧器，此泉形如石铫，故取名。 ④炼心：修炼心神。 ⑤洗耳：洗干净耳朵，

喻不愿听尘世之事，以免污染了耳朵，心地不清净。再来禅：也叫再请禅，定式坐禅，至定钟鸣而止，如此后再坐禅，就叫再请禅。 ⑥“大海”句：佛家认为现实世界是虚幻的，故云。 ⑦逝川：此指澄灵涧，涧水不停地流逝，孔子在川上有“逝者如斯夫，不舍昼夜”的话，见《论语》。 ⑧远公：慧远，东晋时著名高僧，居庐山东林寺，人称远公。谢灵运、陶潜俱与之来往。这里指与姚燮相识的普陀山僧。 ⑨听琴缘：涧水声如琴声，故作者要与僧结听琴之缘。

【品评】

清代诗人写大量山水诗而杰出的，在清后期有姚燮的普陀山诗、四明山诗，高心夔的匡庐山诗，刘光第的峨眉山诗，许承尧的黄山诗等，都是能句雕字炼，刻画名山幽秀灵奇的特色。姚燮这一首，就是他大量普陀游诗中的小篇。普陀号称佛教观音菩萨所住的名山，在海中，既与峨眉、匡庐、黄山和五岳等在大陆的山不同，也与同在浙江近海的天台、雁荡不同。具有独特的风光，灵奇幽秀，以寻常诗笔状之，必不能工。姚燮诸诗，其造句、构思各方面，都可以和高、刘诸家一较短长。此诗一起就把自己写成一个不同于寻常的游客，是一个与佛家三生有缘的高人，接着点出澄灵涧中的石铫泉。三、四句写初夜的圣洁月光下修炼心神，清净的涧泉边洗涤耳尘，一再坐禅。把自己描绘得像高僧一般。五、六句进一步拓开境界，普陀在海中，佛家借以有慈航普渡之喻，要普渡众生同登彼岸。在作者看来，这也不过是一种随缘说法。大海的现实境界，本身也是空的，觉岸也不是真的，如果是实有，就不符合佛教万有皆空的教旨了。而山涧的水，昼夜不息的流逝，不管你怎样，你的自身也在一刹那一刹那的过去，又何必留住他呢？那么，倒不如和山僧在这里结听琴之缘，才是快活自在的受用。全诗语言凝炼自然，哲理从形象中体现，不是发议论，谈佛理，境界开阔，所以可贵。

郑　珍(1806—1864)

字子尹,遵义人。道光举人,官荔波县训导。有《巢经巢诗集》。珍为程恩泽门生,传其经学、诗学衣钵,开道、咸以来诗家一变局。珍诗风格兼奇奥及平易二种,陈衍谓其"学杜、韩而非摹仿杜、韩,则多读书故也"。作为"学人之诗与诗人之诗合"的代表。胡先骕曰:"郑珍卓然大家,为有清一代冠冕。"

春尽日①

绿荷扶夏出,嫩立如婴儿。
春风欲舍去,尽日抱之吹。
对此伤我心,泪下如绠縻。②
天岂欲我穷!天岂欲我衰!
日月自见多,大化谁能持?③
阑边秃尾雀,④摧老看众嬉。
微物亦有然,聊复洒一卮。⑤

【注释】

①春尽日:立夏节前一日。　②绠縻:绳索。这句说泪下如线。　③大化:人生的重要变化。《列子·天瑞》:"人自生至终,大化有四:婴孩也,少壮也,老耄也,死亡也。"　④阑:同"栏"。　⑤卮(zhī):酒杯。

【品评】

此诗道光十九年(1839)己亥春末作于湘中,于暮春景物的描绘中,抒写了人生的感慨。一起四句,隽妙生动,文章天成,妙手偶得。虽大家如杜、韩、苏、黄,也不曾能道出近似的好语,无怪胡先骕赞叹珍诗,谓“纵观历代诗人,除李、杜、苏、黄外,鲜有能远驾乎其上者”。由“春风欲舍去”而引出“对此伤我心”以下的感慨。用的都是道家经典,“天岂欲我穷”,用《庄子·大宗师》的“父邪母邪!天乎人乎!……父母岂欲吾贫哉!天无私覆,地无私载,天地岂私贫我哉”。作者用来推究“穷”“衰”的原理,不是人穷呼天的俗情。所以下面用了《列子·天瑞》“大化”的说法作解答,“谁能持”,意即本于《庄子·大宗师》:“父母于子,东西南北,唯命之从。阴阳于人,不翅于父母,彼近(意谓迫促)吾死,而我不听,我则悍矣,彼何罪焉。夫大块载我以形,劳我以生,佚老以老,息我以死。故善吾生者,乃所以善吾死也。”但这里是诗,提出一个问题,发了一通议论以后,接着回到“阑边秃尾雀,摧老看众嬉”的即景,作为旁衬。引出“微物亦有然”的看法,一转笔以借酒排遣作结。这正是《庄子·人间世》所谓“自事(治)其心者,哀乐不易施(即不移易)乎前,知其不可奈何而安之若命,德之至也”的哲学观点。陶渊明《神释》诗“纵浪大化中,不喜亦不惧。应尽便须尽,无复独多虑”,也是这个意思。郑珍在这里,运用道家经典,除“大化”一词外,都能融化得不太着痕迹,好像白描一样,这是“学人之诗与诗人之诗合”的特点,也是郑珍诗歌艺术手段的高超处。

贝青乔(1810—1863)

字子木,吴县人。道光二十一年(1841),参奕经幕至甬东,后游历云南、贵州。有《咄咄吟》、《半行庵诗存稿》。《咄咄吟》以一百一十七首七绝组成,反映奕经东征至失败的全过程,字字血泪,在体式上也有新的独创。旅游山水之作,刻画奇险,独辟蹊径。

赤津岭[①]

日落无人境,停鞭借一椽。[②]
滩明流月碎,峰黑裹松圆。
凄绝猿声里,凉生虎气边。
残黎家荡尽,[③]何处哭苍烟![④]

【注释】

①赤津岭:在浙江遂昌县北,山势险峻。 ②椽(chuán):屋梁上的椽木,此处代指房屋。 ③残黎:残剩的百姓。荡:毁坏。 ④苍烟:指突冒出的青烟。

【品评】

这首诗描写途经亦津岭所见所闻,在荒凉凄绝的景物描写中,寄托了诗人对背井离乡的山民的同情,反映了晚清政局动荡、战乱频仍的黑暗现实。诗一开头就写已是日落黄昏的暮景，加上是了无人迹的所在，在此停下马来，望门投宿，是一个多么吓人的环境。接着三、四两句就描绘山间夜景。在月光下溪滩上流动着破碎的月影，峰峦黑郁郁一片，包裹着圆圆的松顶。滩之“明”由于“月”，峰之“黑”由于夜，琢句极得杜甫手法。这两句写的是色，五、六句写的是声。猿声以断肠著名，虎气使人提心吊胆，寒意凛然。两语写得动魄，“凄绝”“凉生”都是作者当时的感觉，所以句中有人，写得活了。末二句承第二句来，说乱时人烟断绝，投宿无所，连可以为之恸哭的苍烟也无处寻觅。诗意本杜甫《送樊二十三侍御赴汉中判官》诗：“恸哭苍烟根，山门万重闭。”这里用来作加一倍写法。全诗炼字炼句炼意，极见功力。

江　湜(1818—1866)

字弢叔，长洲人。诸生，官浙江候补县丞。有《伏敔堂诗录》。陈衍以为“咸、同间一诗雄”。林庚白以为“《伏敔堂集》且突过《巢经巢集》”。金天羽以为“弢叔一穷薄儒素，创坛坫于江海之上，独吟无和。吴中文字绮丽，弢叔独以清刚矫浓嫭，曲折洞达，写难状之隐，如听话言”。此论得其实。

湖楼早起　二首

面湖楼好纳朝光，①夜梦分明起辄忘。②
但记晓钟来两寺，③一钟声短一声长。

湖上朝来水气升，南高峰色自崚嶒。④
小船看尔投西岸，载得三人两是僧。

【注释】

①朝光：清晨的阳光。　②辄：就。　③两寺：指北山的凤林寺和南山的净慈寺。　④南高峰：在杭州烟霞岭西北，与北高峰遥相对峙。“双峰插云”为西湖胜景之一。崚嶒（léng céng）：高峻突兀貌。

【品评】

两绝句都是写西湖晓景，都从湖楼早起着笔。前一首写钟，后一首写船；前一首写声，后一首写色；前一首写闻，后一首写见。而前一首写钟，后一首写到僧，又都和寺有关系。前一首所说的两寺之一的净慈寺，又与后一首所说的南高峰，都属于南山范围。前一首写晓起，写湖楼纳早上阳光；后一首由晨光进一步写到水气上蒸。两首诗有机联系，具见匠心。第一首交代面湖之楼的方向，当然楼面东南方，应在孤山一带，所以第二首写见到的是对面的南高峰。两寺钟声，一短一长，近的声长，远的声短，则因凤林寺与孤人相近，而净慈寺则隔着西湖，传来的钟声便听不太清楚，显得短了。小船投靠西岸而来，离孤山湖楼近，因而辨得清三人中两个是僧，不但可见作者观察的仔细，也可见其构思的细入毫芒，这恰好和听钟声而留意到一长一短，是同样的匠心。江湜诗得力于韩愈、孟郊，七绝则胎息于杨万里，但用笔曲折中具有秀气，青胜于蓝。

王闿运(1832—1916)

字壬秋,湘潭人。咸丰举人。曾参曾国藩幕,后讲学于四川各地。入民国,任清史馆馆长。有《湘绮楼全集》。他是近代湖湘诗派的首领,宗法汉魏六朝,下及盛唐。陈衍说他"墨守古法,不随时代风气为转移,虽明之前后七子无以过之也"。但其诗集中也有不少能反映国事,表达国势艰危的感叹,思想性和艺术性较高的作品,无愧"诗史"。

圆明园词

宜春苑中萤火飞,建章长乐柳十围。[①]
离宫从来奉游豫,皇居那复在郊圻?[②]
旧池澄绿流燕蓟,[③]洗马高梁游牧地。[④]
北藩本镇故元都,[⑤]西山自拥兴王气。[⑥]
九衢尘起暗连天,辰极星移北斗边。[⑦]
沟洫填淤成斥卤,宫庭映带觅泉原。
渟泓稍见丹棱沜,陂陀先起畅春园。[⑧]
畅春风光秀南苑,霓旌凤盖长游宴。[⑨]
地灵不惜邕山湖,[⑩]天题更创圆明殿。[⑪]
圆明始赐在潜龙,因回邸第作郊宫。[⑫]
十八篱门随曲涧,[⑬]七楹正殿倚乔松。[⑭]
轩堂四十皆依水,[⑮]山石参差尽亚风。[⑯]

甘泉避暑因留跸，长杨扈从且弢弓。[17]
纯皇缵业当全盛，[18]江海无波待游幸。
行所留连赏四园，[19]画师写放开双镜。[20]
谁道江南风景佳，移天缩地在君怀。[21]
当时只拟成灵囿，小费何曾数露台。[22]
殷勤毋佚箴骄念，[23]岂意元皇失恭俭。[24]
秋狝俄闻罢木兰，[25]妖氛暗已传离坎。[26]
吏治陵迟民困痛，[27]长鲸跋浪海波枯。[28]
始惊计吏忧财赋，欲卖行宫助转输。[29]
沈吟五十年前事，厝火薪边然已至。[30]
揭竿敢欲犯阿房，[31]探丸早见诛文吏。[32]
此时先帝见忧危，[33]诏选三臣出视师。[34]
宣室无人侍前席，[35]郊坛有恨哭遗黎。[36]
年年辇路看春草，处处伤心对花鸟。[37]
玉女投壶强笑歌，[38]金杯掷酒连昏晓。
四时景物爱郊居，玄冬入内望春初。[39]
袅袅四春随凤辇，[40]沈沈五夜递铜鱼。[41]
内装颇学崔家髻，[42]讽谏频除姜后珥。[43]
玉路旋悲车毂鸣，金銮莫问残灯事。[44]
鼎湖弓剑恨空还，郊垒风烟一炬间。[45]
玉泉悲咽昆明塞，[46]惟有铜犀守荆棘。[47]
青芝岫里狐夜啼，绣漪桥下鱼空泣。[48]
何人老监福园门，[49]曾缀朝班奉至尊。[50]
昔日喧阗厌朝贵，[51]于今寂寞喜游人。[52]
游人朝贵殊喧寂，偶来无复金闺客。[53]
贤良门闭有残砖，[54]光明殿毁寻颓壁。[55]

文宗新构清晖堂，[56]为近前湖纳晓光。[57]
妖梦林神辞二品，[58]佛城舍卫散诸方。[59]
湖中蒲稗依依长，阶前蒿艾萧萧响。
枯树重抽盗作薪，游鳞暂跃惊逢网。
别有开云镂月台，太平三圣昔同来。[60]
宁知乱竹侵苔落，不见春风泣露开。[61]
平湖西去轩亭在，[62]题壁银钩连倒薤。[63]
金梯步步度莲花，[64]绿窗处处留羸黛。[65]
当时仓卒动铃驼，守宫上直余嫔娥。[66]
芦笳短吹随秋月，豆粥长饥望热河。[67]
上东门开胡雏过，[68]正有王公班道左。[69]
敌兵未爇雍门荻，[70]牧童已见骊山火。[71]
应怜蓬岛一孤臣，欲持高洁比灵均。[72]
丞相避兵生取节，[73]徒人拒寇死当门。[74]
即今福海冤如海，[75]谁信神州尚有神！
百年成毁何匆促，四海荒残犹在目。
丹城紫禁犹可归，岂闻江燕巢林木。[76]
废宇倾基君好看，艰危始识中兴难。
已惩御史言修复，[77]休遣中官织锦纨。[78]
锦纨枉竭江南赋，鸳文龙爪新还故。[79]
总饶结彩大宫门，[80]何如旧日西湖路？
西湖地薄比郇瑕，[81]武清暂住已倾家。[82]
惟应鱼稻资民利，[83]莫教莺柳斗宫花。[84]
词臣讵解论都赋，挽辂难移幸雒车。[85]
相如徒有上林颂，[86]不遇良时空自嗟！

【注释】

①“宜春”二句：都是指圆明园。宜春苑，秦代宫苑，故址在今陕西长安县南。建章、长乐：汉宫名。 ②“离宫”二句：离宫，皇帝正宫以外临时居住的宫室，供游览、避暑等用，这里指圆明园。从来，本来、过去。奉游豫，供作游乐。那复，不再。郊圻，郊外。因园已被焚毁，故云不再在郊圻。 ③旧池：即西湖，郦道元《水经注》称之为“燕之旧池”，在圆明园前。燕(yān)蓟：指北京。春秋时燕国建都于蓟，地在今北京市西南角。 ④洗马、高梁：水名，在北京西郊，旧池之水东流入此。游牧地：谓圆明园建园之前，这里本是游牧之地。 ⑤“北藩”句：北京原是北方的藩镇，至元朝又建都于此。 ⑥西山：在北京市西郊。拥：拥有。 ⑦“九衢”二句：写明末战乱，清朝入主中原。九衢：四通八达的道路。辰极星：即北极星，旧时谓帝王之星。辰极星移北斗边，指清建都北京。 ⑧“沟洫”四句：写圆明园建园以前，康熙帝首先在这里填土导泉，筑起畅春园，以为游幸之处。沟洫(xù)，沟渠。斥卤，盐碱地。映带，景物位置，彼此联络有意致。渟泓(tíng hóng)，水深而静貌。丹棱沜，水池名。在北京海滨镇西。原为明代武清侯李伟的清华园所在，康熙帝游幸北京西郊，常驻足于此。沜，同“泮”，半月形的水池。“陂陀”句，自注：“康熙中，始建行宫，以帝者不居，但名曰园。”陂陀，同陂池，把土堆成不高的斜面，让水能流掉。 ⑨“畅春”二句：自注：“明时但有南苑，未作畅春园。时圣主宴群臣，亦在南苑，今南西门外地也。自海淀兴修，稀复临幸矣。”南苑，宫苑名，在北京市永定门外，明永乐年间建成，是明清时宫廷游猎场所。霓旌，古代帝王出行时的一种仪仗。张衡《思玄赋》：“霓旌飘而飞扬。”凤盖，绣有凤凰图案的华盖，供帝王遮阳之用。班固《西都赋》：“登龙舟，张凤盖，建华旗。” ⑩地灵：旧称地所体现的灵异。不惜：不吝惜。邕山湖：指旧池。邕山，又作瓮山，在北京西郊，旧池之水，源出于

此。 ⑪“天题”句：自注：“康熙中，世宗为皇子，侍游海淀，赐园一区，御题额曰圆明。”按：康熙四十八年(1709)，帝命于畅春园的西南辟地筑室，以为皇四子胤禛(即以后的雍正帝)的读书之所，并赐名圆明园。按雍正《圆明园记》解释：“圆而入神，君子之时中也；明而普照，达人之睿智也。” ⑫“圆明”二句：自注：“世宗以畅春先帝旧幸，让而弗居，雍正三年(1725)乃改赐园，设朝房宫门，以避暑听政。”潜龙，旧称圣人在下位，隐而未出，这里指胤禛。邸第，指胤禛的府第。 ⑬十八篱门：圆明园内有十八座大门：大宫门、左朝门、东夹门、西夹门、东如意门、西如意门、福园门、西南门、水闸门、藻园门、东楼门、铁门、明春门、蕊珠门、随墙门、北楼门、出入贤良门等。篱门，晋宋时凡行宫门称篱门。 ⑭七楹正殿：出入贤良门内有正大光明殿，宽七楹。楹：一间为一楹。 ⑮轩堂四十：自注：“园中四字题额者为一所，凡四十所，纯皇以为四十景。” ⑯“山石”句：语本杜甫《戏题画山水图歌》诗：“山木尽亚洪涛风。”亚，掩。 ⑰“甘泉”二句：自注：“初但避暑，后遂春、秋皆居园中也。”甘泉，宫名。程大昌《雍录》：“古者以甘泉名者三：秦在渭南，汉在云阳，隋在鄠县。”此处借指圆明园。跸(bì)，皇帝的车驾。长杨，秦代宫苑，为秦汉时皇帝游猎之所，借指圆明园。扈从，皇帝出巡时的护驾侍从人员。弢(tāo)弓，弢，弓袋。弓，弓箭。这里指围猎。 ⑱纯皇：清高宗乾隆帝，纯皇是他的谥号。缵业：继承先业。 ⑲行所：离宫。四园：指圆明园中按海宁安澜园、江宁瞻园、苏州狮子林、钱塘小有天园仿建的四处胜景。 ⑳写放：模仿。放，通“仿”。双境：指圆明园内模仿西式宫殿建造的建筑群“西洋楼”和模仿佛地建造的建筑群“舍卫城”，二处建筑均专聘外国人设计并监造。 ㉑“谁道”二句：乾隆帝六次南巡，举凡江南名胜，均命画师绘图，然后仿其形制，一一在园中建造，如上述四园等，故云“移天缩地”。 ㉒“当时”二句：当时的皇帝只考虑将宫苑建筑得如何精美，根本没有去考虑建筑那么多的亭台楼阁所需浩繁的费用。灵囿(yòu),周文王畜养禽兽的园林。数,计算。露台,凉台。《史记·孝文本纪》:"尝欲作露台,召匠计之,直百金。上曰:'百金中民十家之产,吾奉先帝宫室,常恐羞之,何以台为!'" ㉓殷勤:兢兢业业。佚:通"逸",安逸。箴:规劝。 ㉔元皇:晋元帝。《晋书·元帝纪》:"元皇以一州临极。"借指嘉庆帝。 ㉕"秋狝"句:秋狝(xiǎn),秋天出猎。木兰,围场名,约当今河北省围场县。清帝常于每年秋季率王公等到木兰围场围猎习武,称"木兰秋狩"。嘉庆十八年(1813)七月壬午,帝巡幸木兰,八月庚戌帝行围,九月癸酉帝回銮。诗云"罢木兰",指帝秋狝事罢,自木兰回驾而言。 ㉖"妖氛"句:指嘉庆年间的八卦教农民起义。八卦教首领林清假托南方离宫头殿真人部老爷门下,于嘉庆十八年九月戊寅,乘嘉庆帝在木兰尚未回到北京,率众进攻皇宫,被镇压。妖氛:妖气,对农民起义的诬称。离坎,八卦中的二卦,此指八卦教。 ㉗吏治陵迟:官吏腐败。陵迟,衰颓。困痡(pū):贫困。痡,过度疲劳。 ㉘"长鲸"句:徐树钧《圆明园词序》:"先是道光二十年,英吉利夷船至广东香港,不得,又以烧烟起衅。……咸丰元年,英吉利、佛朗西、米利坚各国,乘粤寇鸱张,中国多故,复以轮船直入大沽口台。"长鲸跋浪:语出杜甫《短歌行赠王郎司直》诗:"鲸鱼跋浪沧溟开。" ㉙"始惊"二句:自注:"道(光)咸(丰)间理财诸大臣,专好金银,欲其堆积。"又据徐树钧序:"江淮行宫,既皆斥卖,国之所患,岂在乏财!"这二句即记此事。计吏:旧时郡国上计的官吏。战国时郡臣于年终须将赋税收入写于木券,呈送国君考核,称"上计"。这里指理财大臣。转输,转运输送。这里是周转之意。 ㉚"沈吟"二句:自注:"国家之乱,始于乾隆末政。"五十年前,指自清宣宗登基,道光元年以前。道光元年(1821)至作诗时,正值五十年。"厝火"句:语出《汉书·贾谊传》:"夫抱火厝之积薪之下,而寝其上,火未及燃,因谓之安。方今之势,何以异此!"比喻潜伏着巨大的危机。厝(cuò),安放。然,同“燃”。 ㉛“揭竿”句:以秦末陈胜起义军借指咸丰三年九月,太平天国北伐军攻天津,京师震动。揭竿,见屈大均《读陈胜传》注④。阿房,阿房宫,秦代宫殿,后被项羽焚毁。阿房宫为秦都所在,故诗中以指北京。 ㉜“探丸”句:语出《汉书·酷吏传》:“长安中奸滑浸多,闾里少年群辈杀吏,受赇报仇,相与探丸为弹。得赤丸者斫武吏,得黑丸者斫文吏,白者主治丧。”这里用此典,写豪侠辈处决贪官污吏。探丸,摸取弹丸。 ㉝先帝:指清文宗咸丰帝。诗作于同治帝时,故称先帝。 ㉞“诏选”句:指选派胜保、曾国藩、袁甲三三大臣出师镇压太平军。太平军起义后,次年即建都南京,号太平天国,清朝统治摇摇欲坠,肃顺等因荐举曾国藩等出师镇压。视师,统率军队。 ㉟“宣室”句:语出《史记·屈原贾生列传》:“孝文帝方受厘,坐宣室,上因感鬼神事,而问鬼神之本。贾生因具道所以然之状。至夜半,文帝前席。既罢,曰:吾久不见贾生,自以为过之,今不及也。”这句用此典记咸丰帝事。据徐树钧序载,咸丰九年冬,文宗郊宿于斋宫,内忧外患,至夜失声痛哭,大考翰詹以贾生宣室事发题,稍以慰藉。宣室:汉未央宫中的殿名,为皇帝斋戒之处。前席,移坐而前。 ㊱遗黎:劫后幸存的百姓。 ㊲“年年”二句:唐文宗李昂《宫中题》诗:“辇路生春草,上林花发时。凭高何限意,无复侍臣知。” ㊳“玉女”句:自注:“上既厌倦庸臣,罕所晋接,退朝之后,始寄情于诗酒,时召妃御,日夜行游也。”玉女投壶,语出《艺文类聚》引《庄子》:“玉女投壶,天为之笑则电。”玉女,天上仙女。投壶,古人宴会时的游戏。其制设一壶,宾主依次投矢其中,胜者则酌酒饮负者。这里以玉女投壶写咸丰帝不理政事,过着荒淫的生活。 ㊴“四时”二句:咸丰帝爱郊居,常到冬至才回宫,正月十五日后,即来圆明园。玄冬,冬季。内,指皇帝的正宫。 ㊵“袅袅”句:咸丰年间,在太平军的沉重打击下,咸丰帝终日寄情于声色,以排遣愁闷,遂大选美女入圆明园。

是时有所谓“四春之宠”。四春，指四名选入园内的汉族少女，即武陵春、杏花春、牡丹春、海棠春，他们分居园中各亭馆，供咸丰帝玩乐。袅袅，形容体态轻盈柔美。凤辇，皇帝的车驾。 ㊶“沈沈”句：自注：“上所游幸，从者常百余人，数移坐处，侍膳无定所，午夜阁门不得闭也。”五夜，一夜分甲、乙、丙、丁、戊五段，故称。铜鱼，即铜鱼符。《新唐书·百官志》：“凡有召者，降墨敕，斟铜鱼木契，然后入。” ㊷内装：宫女的打扮。崔家髻：自注：“崔氏，汉妇，曾入宫为乳妪。” ㊸“讽谏”句：《列女传·周宣姜后》：“宣王尝早卧晏起，后夫人不出房，姜后脱簪珥，待罪于永巷，使其傅母通言于王曰：妾之不才，妾之淫心见矣，至使君王失礼而晏朝。……敢请婢子之罪。王曰：寡人不德，实自生过，非夫人之罪也。遂复姜后，而勤于政事。早朝晏退，卒成中兴之名。”这里用此典，写咸丰帝后慈安的劝谏。咸丰帝耽于逸乐后，慈安曾多次劝谏咸丰帝勤于朝政。咸丰十年夏某日，咸丰帝夜饮酒晚朝，慈安后召侍寝者，欲鞭之。咸丰帝退朝入后殿，见后怒，问曰：此犯何罪？慈安跪曰：妾不贤，不能督率群妾，使皇帝晚起，故将责此妃。咸丰自知有过，答应今后少饮。后谢而起，众皆称慈安之贤。珥，女子耳饰。 ㊹“玉路”二句：写咸丰十年(1860)八月英法联军进犯北京，帝仓皇逃奔热河，次年七月死于行宫事。玉路，皇帝车辇经过的路。车毂鸣，谓惊动车驾。刘向《说苑》：“雍门子狄曰：昔者王田于囿，左毂鸣，车右请死之，曰，为其鸣吾君也。”这里用此典，指联军犯京，帝出逃。金銮，《新唐书·艺文志》：“韩偓撰《金銮密记》五卷。”残灯事，本释文莹《湘山野录》所载，宋太祖逝世的那一夜，尝召其弟开封王(即太宗)入大寝，酌酒对饮，宦者宫妾遥见烛影下，太宗时或避席，有不可胜之状。帝引柱斧戳雪，顾太宗曰：好做好做。遂就寝。太宗留寝禁内。将五鼓，帝已崩矣。这里用此典，借指咸丰十一年(1861)七月咸丰帝死于热河行宫时，其所信赖的郑亲王端华、协办大学士肃顺兄弟等受命为赞襄政务大臣，立咸丰子载淳嗣位，拟明年改元为祺祥。慈禧太后同恭亲王奕䜣合谋发动“祺祥政变”，端华、肃顺被杀，改祺祥年号为同治。世传咸丰死时，对慈禧有处置的方法，指示慈安太后、端华、肃顺亲承密命，故慈禧先下手除之。宫廷事秘，真相难以具知，故云“金銮莫问残灯事”。 ㊺“鼎湖”二句：咸丰十年英法联军攻占北京后，十月六日晚侵入圆明园；十天以后，下令可以任意劫掠，圆明园珍宝遂被劫掠一空；十月十七日，英法联军为掩盖其劫掠罪行，下令联军骑兵团在园内到处纵火，圆明园遂成废墟。文宗灵柩返京，已在十一年秋，园被焚近一年了。 ㊻“玉泉”句：这以下四句记作者游圆明园遗址时所见。玉泉，在今北京海淀区颐和园西玉泉山麓，水自池底上翻，如沸汤滚腾，故有“玉泉垂虹”的美称。昆明，昆明湖。 ㊼“惟有”句：徐树钧序云：“暮从昆明湖归，桥上铜犀卧荆棘中，犀背御铭朗然可诵。” ㊽“青芝”二句：青芝岫，圆明园中的泉石，今移置颐和园东乐寿堂庭园中。原产北京房山，乾隆筑清漪园时采置园中，因色青而润，故名。绣漪桥，圆明园中桥名。此与上二句都是写劫后园中荒凉景色。 ㊾老监：指董监，自道光初入侍园中，居福园门旁，作者往访时，年已六十。福园门：圆明园东南门。 ㊿缀：随从。朝班：朝见皇帝的行列。至尊：皇帝。 (51)喧阗(tián)：喧闹拥挤。 (52)喜游人：指董监为作者等往访而高兴。 (53)金闺客：江淹《别赋》：“金闺之诸彦。”李善注：“承明、金马，著作之庭。” (54)贤良门：在圆明园正中宫庭区，进大中门后的门。 (55)光明殿：即正大光明殿，在贤良门北。 (56)清晖堂：即清晖殿，在寝宫东，地近前湖，刚竣工即遭焚毁。 (57)前湖：在正大光明殿北寿山后。 (58)“妖梦”句：徐树钧序：“园宫未焚前一岁，妖言传上坐寝殿，见白须老翁自称园神，请辞而去，上梦中加神二品阶。明日至祠，谕祠之，未一祺而园毁。” (59)舍卫，圆明园内后湖西北的大建筑群之一，模仿佛地而筑，其中供佛甚多，故云佛城，经英法联军之劫，佛多被人盗走，散至国内外，故云“散诸方”。舍卫：古代印度城名，波斯匿王所居，城内有衹园精舍，佛讲道所在。诸方：各地方。 ⑥“别有”二句：据徐树钧序载，清世宗为皇子时，曾于赏花时节迎圣祖至赐园，世宗之子高宗年十二，以皇孙召侍左右。三天子集于一堂，故称“三圣”。开云镂月台，即“镂月开云”，圆明园“九洲清宴”建筑群之一，原为牡丹春所居之所。 ⑥“宁知”二句：作者访遗址时，北京正值牡丹盛开，而过去盛植牡丹的镂月开云台已经倾塌，故云。 ⑥平湖：即“平湖秋月”，为圆明园福海区主要风景点之一，仿杭州西湖“平湖秋月”构筑而成。 ⑥“题壁”句：自注：“窗壁多嵌纸绢，皆乾隆时名手所书进。”银钩，指刚劲有力的书法。倒薤，篆书的一种体。庾肩吾《书品论》：“参差倒薤，长短悬针。” ⑥金梯：华丽的阶梯。郭璞《游仙诗》：“翘首攀金梯。”度莲花：指女子的脚步。语出《南史·齐东昏侯纪》：“凿金为莲花，以贴地，令潘妃行其上，曰此步步生莲花也。” ⑥“绿窗”句：自注：“宫中窗多屋少，望望相通，脂粉之痕，存于壁纸。”蠃黛，古代女子用以画眉的一种青黑色矿物颜料。蠃，通“螺”。 ⑥“当时”二句：写文宗出逃热河，见前注。帝离京后，守宫值班的人都是未从行的宫女，故云“余嫔娥”。直，承直，值班。 ⑥“芦笳”二句：据徐树钧序载，文宗逃出北京后，“道路初无供帐，途出密云，御食豆乳麦粥而已”。芦笳，以芦叶为管制作的乐器，清代兵营巡哨多用之。 ⑥“上东门”句：上东门，古代洛阳城门名。《晋书·石勒载记》：“勒年十四，随邑人行贩洛阳，倚啸上东门，王衍见而异之。”这里借指英法联军入京。 ⑥“正有”句：自注：“恭亲王隐于碧云寺，夜趣长新居，诸大臣迎以主和而归。”班道左，列于道路旁迎接。班，列。 ⑦爇(ruò)：点燃。雍门萩(qiū)：语出《左传·襄公十八年》：“赵武、韩起以上军围卢，弗克。十二月戊戌，及秦周，伐雍门之萩。”雍门，齐都西门。萩，梓树。 ⑦“牧童”句：用秦始皇事。刘向《论起昌陵疏》：“秦始皇帝葬于骊山之阿……宫馆之盛，不可胜原。……骊山之作未成，而周章百万之师至其下矣。项籍焚其宫室营宇，往者咸见发掘。其后牧儿亡羊，羊入其凿，牧者持火照求羊，失火烧其藏椁。”又兼用《史记·周本纪》：“申侯与缯西夷、犬戎攻幽王，幽王举烽火征兵，兵莫至，遂杀幽王骊山下。”以切英法联军入京劫掠并焚毁圆明园。骊山，秦阿房宫所依山名，在陕西临潼县城南。 ⑫“应怜”二句：孤臣，指圆明园管园大臣文丰。据徐树钧序载，英法联军至圆明园时，“管园大臣文丰当门止之。夷兵已去，文都统知奸民当起，环问守卫禁兵，一无在者，索马还内，投福海死”。蓬岛，即“蓬莱瑶台”，圆明园福海中的岛，文丰投湖处。灵均，屈原的字。屈原投汨罗死，故以相比。 ⑬“丞相”句：自注：“死者（指文丰）不得为忠，生者乃可无愧也。”丞相，指大学士桂良等人，开安定门迎英法军者。 ⑭徒人：亦手空拳的人，指文丰。 ⑮福海：位于圆明园中部，面积二十七万多平方米。 ⑯“丹城”二句：皇后及同治帝等回京还有皇城可居，而流离的百姓却已无家可宿。丹城紫禁：指紫禁城，皇帝所在区域，清紫禁城在北京旧皇城中。江燕巢林木：语出《资治通鉴》：“宋元嘉二十八年(451)，魏破宋六州，所过赤地，春燕归，巢于林木。” ⑰“已惩”句：圆明园被焚后，同治初，有御史德泰提奏复修园宫，诸大臣以侈请旨切责谪戍，未行，德泰忿愤而死。御史，指德泰。 ⑱“休遣”句：据徐树钧序载，同治八年、九年(1869、1870)，为准备穆宗立后，费用“已千万，结彩宫门，至十余万”。这句是作者的讽谏之词。中官，宦官。 ⑲“鸳文”句：自注：“制后宝衣，上含珠玉值十万金，已用十六万，成其半。” ⑳“总饶”句：同治婚礼，仅宫门结彩幔，便用去绉绸八十余万匹。饶，增加。 ㉑郇瑕：古国名，在今山西解县附近，以土地贫瘠而闻名。 ㉒武清：武清侯李伟。见前注⑧。 ㉓资：助。 ㉔莺柳斗宫花：比喻沉迷于声色歌舞的淫乐生活。 ㉕“词臣”二句：论都，议论迁都之事。英法联军进逼北京时，有人主张迁都西安,诸督抚言不便,未成。作者已认为北京"地利竭矣",应迁都,但因皇帝不让议论此事,只得作罢。词臣,文学侍从之臣,作者自指。讵,岂。论都赋,指班固《两都赋》,切迁都事。辂,车辕前横木,指代车。幸雒车,皇帝游幸洛阳的车驾。雒,"洛"古字,洛阳。 ⑯上林颂:西汉司马相如的《上林赋》,宣扬诸侯国楚、齐的苑囿之盛,铺叙天子游猎之事,其卒章归之于节俭,意在讽谏皇帝。

【品评】

同治十年(1871),作者和张祖同、徐树钧同游圆明园遗址,目睹断垣残壁,追忆往事,百感交集,归后因作此诗。作者以深沉的诗笔追记了圆明园建园和焚毁的经过,通过焚毁前后不同景象的对比描绘,申斥了英法联军侵华的罪恶,寄托了诗人对国势艰危而当权者却沉湎于声色犬马生活的无限感慨。全诗融记叙、描写、议论、抒情于一炉,交叉穿插,铺陈排比,显示了诗人深厚的功力。诗凡十三段:首四句为第一段,写眼前所见圆明园遗址破败荒凉,不再成为行宫的景象。"旧池"句起至"圆明殿"止为第二段,叙圆明园建园前的情况及建园经过至雍正为皇子时康熙赐园复赐题。"圆明始赐"句至"长杨"句止为第三段,叙雍正时改赐园,设朝房官门,为避暑听政、春秋游览的经过。"纯皇"句起至"小费"句止为第四段,写乾隆帝六次南巡,模绘江南四处名园,仿其形制。在圆明园内建造四处胜景,并仿西式宫殿及佛地建造二处建筑群,乾隆帝只考虑将宫苑布置得如何精美,根本没有去考虑建筑那么多的亭台楼阁所需浩繁的费用,段末语含讽刺。"殷勤毋佚"句起至"欲卖行宫"句止为第五段,写嘉庆帝荒政,道光、咸丰继之,导致内而八卦教起义,外而英、法侵犯,而理财大臣欲斥卖江淮行宫以资周转诸事。诗笔正面斥责君臣。"沈吟"句起至"郊坛"句止为第六段,叙太平天国起义,北伐军进攻天津,豪侠之士诛戮官吏,朝廷起用曾国藩等出师镇压,百姓遭殃。“年年”句起至“金銮”句止为第七段,写咸丰不理朝政,寄情声色,长年在园中与汉族女子四春辈过着荒淫生活,直至慈安后进谏,英法联军入京,咸丰逃,死于热河。“鼎湖弓剑”句起至“于今寂寞”句止为第八段,写圆明园被焚毁,劫后园中景物的残破,老监眼中园焚前后喧寂情况的殊异。“游人朝贵”句起至“绿窗”句止为第九段,写作者劫后游园的见闻,园中各处宫殿、宫门、堂、湖、佛城、台、轩亭等一一写到,穿插“妖梦林神”的传说、太平三圣同来的往事,凭吊今昔,感喟万千。“当时仓卒”句起至“牧童已见”句止为第十段,倒叙英法联军入京,咸丰出逃时的狼狈,王公大臣降敌的丑态,以园中嫔娥留守、园林被焚事扣住圆明园本题。“应怜蓬岛”句至“谁信神州”句止为第十一段,专写文丰于园中福海殉国,以与“丞相避兵”之大学士桂良等迎敌者对照,寓《春秋》褒贬之史笔。“百年成毁”句起至“何如旧日”句止为第十二段,写劫后四海荒残,百姓流离,同治中兴,而御史妄议修复旧园,少帝大婚,浪费大量金帛,全面进行揭露讽刺。也为末段“不遇良时”句作张本。“西湖地薄”至末为第十三段,说圆明园建园所在西湖,本是贫瘠之地,明代李伟暂辟为园,已经破家倾产,何况清代历朝皇帝的糜费拓建。现在只应让湖中鱼稻,资为民利,不得再在此过皇家的淫乐生活。至于迁都他处之议,则又限于条件而难于实现。这里作者提出了正面的建议,归于“民利”为重。末二句慨叹自己空有作《上林赋》讽谕皇帝注意节俭的意图来写此《圆明园词》,无奈是“不遇良时”,只能白白地叹息而已。这是对当时清王朝的不加掩饰的不满与讽刺。此诗的诗史价值,正在于此。通首神完气足,藻采华美,谭献《复堂日记》曾将它和唐代《长恨歌》、《连昌宫词》相并提,以为“谈何容易”。

晓上空泠峡①

猎猎南风拂驿亭，② 五更牵缆上空泠。③
惯行不解愁风水，瀑布滩雷只卧听。

【注释】

①空泠峡：在湖北省宜昌市东南长江上。《水经注》："江水自建平至东界峡，盛弘之谓空泠峡。峡甚高峻，即宜都、建平二郡界也。" ②猎猎：风声。驿亭：古代供行旅途中歇宿的处所。 ③缆：挽船的绳索。牵缆：即俗所谓拉纤。

【品评】

此诗抒写作者乘船入蜀经过空泠峡时的感受，表现了作者傲岸的心情。前二句点明题目的"晓上空泠峡"。用意在后二句，谓自己常年惯于旅途奔波，已不知道为风浪发愁为何事，江水流过峡滩时发出的巨雷般的轰响，躺着听着，满不在乎。这里所表现的气度，确实非凡。与作者同时代的翁同龢，《瓶庐诗钞》中有《出宿一舍回首黯然》一绝句云："风帆一片傍山行，滚滚长江泻不平。传语蛟龙莫作怪，老夫惯听怒涛声。"《瓶庐诗稿》中又题作《将之江右视筱珊侄》云："海程行过复江城，无限苍凉北望情。传语蛟龙莫作剧，老夫惯听怒涛声。"诗作于光绪二十四年戊戌八月以前，时同龢已被放逐南归，京中后党刚毅等对同龢进行迫害，"蛟龙""怒涛"即对若辈而发。翁诗较之闿运此诗，具有政治内容，表现的情绪，较为愤激。就诗歌艺术论，翁诗稍嫌粗豪，闿运诗则安雅得多。狄葆贤《平等阁诗话》评曰："只二十八字，而傲岸之气溢于言表。音节浏亮，殊类太白、龙标（王昌龄）。"

张之洞(1837—1909)

字孝达,号香涛,又称广雅,南皮人。同治进士,官湖广总督、两江总督、体仁阁大学士、军机大臣。有《广雅堂诗集》。其论诗主张融“宋意入唐格”。所作宏肆典雅,不尚高古奇崛。谭献、樊增祥等皆其弟子。陈衍称其“古体诗才力雄富,今体诗士马精研”。林庚白称其“五七言古体诗,直可与荆公(王安石)抗手,无能高下”。

四月下旬过崇效寺访牡丹,花已残损①

一夜狂风国艳残,②东皇应是护持难。③
不堪重读元舆赋,④如咽如悲独自看。

【注释】

①崇效寺:北京寺院名。旧在宣武门外西南隅,创自唐贞观初,元代赐额“崇效”。后屡经废兴,清代为游观胜地。 ②国艳:牡丹。我国古代以牡丹的名贵华艳而誉之为国花。 ③东皇:神话中的春之神,借喻光德帝。 ④元舆赋:指唐舒元舆所作《牡丹赋》。唐文宗大和九年,宰相李训、节度使郑注谋诛宦官。训先在左金吾大厅设伏兵,诈称后院石榴树上有甘露,诱使宦官仇士良等往视,即加诛杀。后事败,李训、郑注及舒元舆等皆被杀。《新唐书·舒元舆传》:“元舆为《牡丹赋》一篇,时称其工。死后,帝观牡丹,凭殿阑诵赋,为泣下。”这里用此事,暗指维新党人谋诛慈禧等守旧党人未遂,反遭惨杀

的“戊戌政变”，并以元舆借指作者的门生杨锐。锐，字叔峤，四川绵竹人。戊戌变法时，任四品卿衔军机章京，参预新政。八月政变时被捕遇害，为戊戌六君子之一。

【品评】

此诗作于光绪二十七年(1901)辛丑，作者在京因见崇效寺中牡丹残损忆及三年前戊戌政变中被害的弟子杨锐，表达了作者悲悼死者和忧国的情怀。前二句明写牡丹花谢，暗喻戊戌变法失败，维新志士遭殃，国事难以收拾。第三句写入杨锐，用唐代甘露之变的典故，精切自然。“不堪重读”连同下句“如咽如悲独自看”，抒情十分深挚。作者本人在维新运动早期，也曾同情赞助，但后来却变卦，站到慈禧一党的立场，而杨锐则是始终尽心于变法事业，最后献出了宝贵的生命。师徒之间，政治上并不一致。这诗的写作，作者心情上存在复杂的矛盾。由于师徒以往的深谊，诗中抒情还是十分感人。

樊增祥(1846—1931)

字云门,一字樊山,恩施人。光绪进士,官至江宁布政使。有《樊山集》、《樊山续集》。增祥出张之洞、李慈铭门下,诗篇富有,才华艳发,自云少喜袁枚,长喜赵翼。陈衍以为似陈文述、杨芳灿、杨揆。征典隶事,对偶工巧。晚年所作,多率易庸滥。

八月六日过灞桥口占[1]

残柳黄于陌上尘,秋来长是翠痕颦。[2]
一弯月更黄于柳,愁煞桥南系马人。

【注释】

①灞桥:在今西安市东,横跨灞水之上。唐人送客,多到此折柳赠别。口占:不用起草而随口成吟。　②翠眉颦:杜甫《江月》:"烛灭翠眉颦。"翠眉,女子的眉毛;颦,皱眉。这里比喻陌上残柳。

【品评】

此诗作于光绪年间,为樊山早期名篇。诗中以陌尘、残柳、秋月递次比较,抒写游子思乡的愁绪。用"黄"的色调,作全篇的渲染,先是黄与尘联系,后是黄与月联系,总的离不开残柳。第一句的句法构思,来源于唐人杜牧绝句的"霜叶红于二月花",同时冯煦《瓜步》绝句也有"寒柳黄于二月初"之句。三句一连写柳，末句才写到人，桥南点明了过灞桥，系马扣住了柳，而以“愁煞”二字浓化了离情别绪。谭嗣同《论艺绝句》自注中评此诗云：“新乐府，工者代不数篇。盖取声繁促而情易径直，命意深曲而辞或啴缓。二难莫并，何以称世。……往见灞桥旅壁，尘封俨然，若有墨迹，拂拭谛辨，其辞云云。读竟狂喜，以为所见新乐府，斯为第一。”

黄遵宪(1848—1905)

字公度,嘉应州人。光绪举人,历任驻日、英诸国使馆参赞及英、美总领事。归国后,官湖南按察使,厉行新政。戊戌变法失败,被罢官归乡。有《人境庐诗草》。遵宪为诗界革命派魁首,所作以写域外新事物及反映晚清重大历史事件的爱国主义者为主。梁启超称其"于古诗人中,独具境界"。丘逢甲称为"茫茫诗海,手辟新洲,此诗世界之哥伦布"。

度辽将军歌[①]

闻鸡夜半投袂起,[②]檄告东人我来矣。[③]
此行领取万户侯,[④]岂谓区区不余畀。[⑤]
将军慷慨来度辽,挥鞭跃马夸人豪。
平时搜集得汉印,今作将印悬在腰。
将军向者曾乘传,[⑥]高下句骊踪迹遍。[⑦]
铜柱铭功白马盟,[⑧]邻国传闻犹胆颤。
自从弭节驻鸡林,[⑨]所部精兵皆百炼。
人言骨相应封侯,[⑩]恨不遇时逢一战。
雄关巍峨高插天,[⑪]雪花如掌春风颠。
岁朝大会召诸将,[⑫]铜炉银烛围红毡。
酒酣举白再行酒,[⑬]拔刀亲割生彘肩。[⑭]

自言平生习枪法，炼目炼臂十五年。
目光紫电闪不动，袒臂示客如铁坚。[15]
淮河将帅巾帼耳，[16]萧娘吕姥殊可怜。[17]
看余上马快杀贼，左盘右辟谁当前。[18]
鸭绿之江碧蹄馆，[19]坐令万里销烽烟。[20]
坐中黄曾大手笔，[21]为我勒碑铭燕然。[22]
幺幺鼠子乃敢尔，[23]是何鸡狗何虫豸。[24]
会逢天幸遽贪功，它它籍籍来赴死。[25]
能降免死跪此牌，[26]敢抗颜行聊一试。[27]
待彼三战三北余，[28]试我七纵七擒计。[29]
两军相接战甫交，[30]纷纷鸟散空营逃。[31]
弃冠脱剑无人惜，只幸腰间印未失。
将军终是察吏才，[32]湘中一官复归来。[33]
八千子弟半摧折，[34]白衣迎拜悲风哀。[35]
幕僚步卒皆云散，将军归来犹善饭。[36]
平章古玉图鼎钟，[37]搜箧价犹值千万。
闻道铜山东向倾，[38]愿以区区当芹献。[39]
藉充岁币少补偿，[40]毁家报国臣所愿。
燕云北望忧愤多，[41]时出汉印三摩挲。[42]
忽忆辽东浪死歌，[43]印兮印兮奈尔何！[44]

【注释】

①度辽将军：原指西汉中郎将范明友。汉昭帝元凤三年(前78)冬，辽东乌桓反，因以范明友为度辽将军，度辽河进行征伐。此处指湖南巡抚吴大澂。大澂，吴县人，光绪十八年(1892)授湖南巡抚，购得一枚汉印，其文为“度辽将军”，吴大喜，以为是万里封侯之兆。光绪二十年(1894)甲午，中日甲午

之战爆发，日本侵略军渡鸭绿江侵入我国东北，时清廷内以光绪帝为首的帝党皆主战，吴大澂遂自请率湘军出关迎战，屡战失利。不到十天，日军即攻陷了牛庄、营口和田庄台等地，清军全面溃败。吴也于光绪二十四年戊戌被清廷革职，永不叙用。 ②闻鸡：用祖逖故事。《晋书・祖逖传》："祖逖与司空刘琨俱为司州主簿，情好绸缪，共被同寝，中夜闻荒鸡鸣，蹴琨觉，曰：'此非恶声也。'因起舞。"投袂：拂动衣袖，形容奋发的决心。《左传》："楚子闻之，投袂而起。" ③东人：指日本侵略军。 ④万户侯：《南史・王镇恶传》："若遭遇明主，要取万户侯。"汉代制度，列侯食邑，大者万户，小者五六百户。万户侯，即食邑万户的侯。后人常用以指高官厚禄。 ⑤区区：小貌。《左传》中曾用以指天下。这里指万户侯。不余畀：不畀余的倒置。畀(bì)：给予。《左传》："灵王卜曰：余尚得天下？不吉。投龟诟天而呼曰：'是区区者，而不余畀！'" ⑥向：以前。乘传：乘车。传，古代的驿车。 ⑦高下句骊：即今朝鲜。朝鲜在西汉时名高句骊。王莽时，改高句骊为下句骊。光绪十年甲申，吴大澂任左副都御史，出兵朝鲜，击败朝鲜金玉均等勾结日使胁迫国王发动的政变。 ⑧"铜柱"句：《清史稿・吴大澂传》："(光绪)十一年，诏赴吉林，会同副都统伊克唐阿与俄使勘侵界，即所侵珲春黑顶子地也。遂援咸丰十一年(1861)旧界图，立碑五座，建铜柱，自篆铭曰：'疆域有表国有维，此柱可立不可移。'于是侵界复归中国，而船之出入图们江者，亦卒以通航无阻。"铜柱，国界的标志。白马盟，语出《战国策・魏策》："今天下之将相相与会于洹水之上，刑白马而盟之。"这里用以指铜柱铭功之事。 ⑨弭节：犹驻节。《楚辞・离骚》："吾令羲和弭节兮。"鸡林：今吉林。据《吴县志・吴大澂传》："光绪六年，晋三品卿衔，命赴吉林防边。既抵防所，创设机器局，筑炮垒于三姓珲春，练巩、卫、绥、安四军，编制训练，悉有法度。" ⑩骨相：指人的骨骼相貌。旧时迷信人的骨相决定人的贵贱祸福。

⑪“雄关”句：雄关，指山海关。这句写吴大澂自请出关。据吴大澂《窸斋自订年谱》：“甲午日本事起，六月在湖南巡抚任内，疏请视师，朝旨允准，遂卸抚篆，单骑北行。八月抵津，旋奉命驻山海关，稽察沿海防务。九、十月，湘军魏光焘、余虎恩、刘树元等各营先后抵关，鄂军熊铁生、吴元恺亦归节制，购外洋军械，朝夕训练。十二月，奉帮办军务之命，嗣以金、复、海、盖相继陷，二十日，电请督师出关，即奉先一日电旨，促令远征。二十一年乙未正月朔，整队前进。” ⑫岁朝：农历正月初一。诸将：指李光久（统湘军五营）、魏光焘（统武威六营）、刘树元（统亲兵六营）、吴元恺（统楚军炮队四营）、谭表忠（统护军一营）、郭长云（统卫队一营）。以上诸将均隶属吴大澂部下，会同吴出关。 ⑬举白：干杯，谓举杯告尽。行酒：依次斟酒。 ⑭生彘（zhì）肩：生猪腿。《史记·项羽本纪》载鸿门之宴，项羽赐一生彘肩给樊哙，“樊哙覆其盾于地，加彘肩，拔剑切而啖之。” ⑮“自言”四句：炼目炼臂，纪昀《槐西杂志》：“老翁自言炼臂十年，炼目十年，其目以毛帚扫之不瞬，其臂使壮夫攀之，悬身下缒不能动。”据吴大澂《意斋自订年谱》记：“带戈什亲兵及绥、巩各营能打三百步小靶者百余人，至庆字副营打靶，余试二十枪中靶。”所记为光绪十年在朝鲜时事，这四句诗言习枪法，可信。紫电，比喻目光锐利。 ⑯淮河将帅：指叶志超、卫汝贵等淮军将领。巾帼：妇女的头巾和发饰，因用作妇女的代称。吴大澂所督者为湘军，视淮军将领为巾帼，有轻蔑之意。 ⑰萧娘吕姥：事出《南史·临川静惠王宏传》：“武帝诏宏都督诸军侵魏，军次洛口，前军克梁城。诸将欲乘胜深入，宏闻魏接近，畏懦不敢进，召诸将欲议旋师。吕僧珍曰：‘知难而退不亦善乎？’宏曰：‘我亦以为然。’魏人知其不武，遗以巾帼。北军歌曰：‘不畏萧娘与吕姥，但畏合肥有韦武。’武谓韦睿也。”萧娘，指萧宏；吕姥，指吕僧珍。 ⑱左盘右辟：左右回旋进退。 ⑲鸭绿江：源出白头山，经集安至丹东市南入黄海，为我国与朝鲜天然界水。

碧蹄馆：地名，在当时朝鲜国京城西三十里。 ⑳销烽烟：扑灭战火。 ㉑黄曾：指黄自元与曾广钧。黄为湖南安化人，同治七年(1868)一甲二名进士，与大澂为同年。曾为湖南湘乡人，光绪十五年(1889)进士(详后曾广钧选篇小传)。二人都是湘籍，此时同在大澂幕府。大手笔：写文章的高手。 ㉒勒：刻。燕然：山名，即今蒙古人民共和国杭爱山。《后汉书·窦宪传》："温犊须目逐等八十一部率部降，宪、秉遂登燕然山，刻石勒功，纪汉威德，令班固作铭。" ㉓鼠子：喻日本侵略军。《世说新语·简傲》："鼠辈敢尔。" ㉔是何鸡狗：崔鸿《十六国春秋》载王堕语："董龙是何鸡狗！"龙，董荣小字。何虫豸：《五代史·卢程传》载程骂任圜语："尔何虫豸！" ㉕"会逢"二句：天幸，侥天的幸运，非人力所致。《史记·游侠列传》："适有天幸。"遽，就。贪功，贪天之功为已有。《左传》："况贪天之功以为己力乎！"它它籍籍，交错杂乱貌。它，交错。四字出司马相如《上林赋》。 ㉖"能降"句：据《清朝野史大观》载："吴大澂请命出征，兵抵旅顺，首出劝降告示，晓日人以大义，言词可泣可歌。" ㉗颜行：排在行列的前面，犹前锋。 ㉘北：败。 ㉙七纵七擒：用诸葛亮七擒七纵孟获事，原意谓以道义服人，这里引吴大澂语，含有讽刺其夜郎自大之意。大澂讨日檄文中，有"待该夷人三战三北之余，看本大臣七纵七擒之计"等语。 ㉚甫：方，才。 ㉛"纷纷"句：这句写吴大澂军溃败的情状。据《清史稿·德宗纪》："二月庚戌，日兵陷牛庄，吴大澂退走。丙辰，日兵陷田庄台，吴大澂奔锦州。"又罗惇曧《中日兵事本末》："魏光焘败于牛庄，李光久弃军逃，死二千余人，虏八百余人，军械甚富。吴大澂弃田庄台，夜奔入关，将士从风而靡。 ㉜察吏：巡抚的职责。 ㉝"湘中"句：指吴大澂仍回湘任湖南巡抚。据吴大澂《愙斋自订年谱》："奉撤任帮办军务来京候用之命，行抵津门，得旨革职留用回湖南巡抚本任。四月，回湘接任。" ㉞八千子弟：用项羽故事，非实数。《史记·项羽本纪》："项王笑曰：

'天之亡我，我何渡为！且籍与江东子弟八千人渡江而西，今无一人还，纵江东父兄怜而王我，我何面目见之。'" ㉟白衣：丧服，这里指战死将士的亲属。 ㊱善饭：《史记·廉颇蔺相如列传》："廉将军虽老，尚善饭。" ㊲平章：品评。吴大澂平生好金石，多有搜集、研究。著有《愙斋集古录》、《恒轩吉金录》、《古玉图考》等。 ㊳"闻道"句：铜山，语出《汉书·食货志》："从建元以来用少，县官往往即多铜山而铸钱。"后因以借指钱。铜山东倾，《世说新语》："铜山西崩，灵钟东应。"这里指甲午战败后给日本的巨额赔款。据《清史稿·邦交志》："(光绪)二十一年(1895)，以李鸿章为全权使至日本，订约十一款……赔款二万万。" ㊴芹献：语出《列子·杨朱》："昔人有美戎菽、甘枲茎、芹萍子者，对乡豪称之。乡豪取而尝之，蜇于口，惨于腹。众哂而怨之，其人大惭。"后因以"芹献"为自谦所献菲薄，不足当意之辞。 ㊵藉：借以。岁币：指每年偿付给日本的赔款。宋代称与辽、金议和所给与辽、金的钱为岁币。少：同"稍"。 ㊶燕云：古州名。燕，即幽州；云，即云州。约今河北、山西一带。 ㊷摩挲：抚摸。 ㊸辽东浪死歌：隋代邹平农民起义军领袖王薄，以长白山为根据地，作《无向辽东浪死歌》以为号召，农民苦于征役，纷纷参加起义军的队伍，事见《资治通鉴》。这里用农民起义军的歌名借指中日甲午之战中抗日作战，死于辽东的清军士卒。 ㊹奈尔何：能对你怎么样。

【品评】

此诗以吴大澂这一抗日败将的事实为题材，塑造了一个夜郎自大而又胆怯如鼠的清廷将帅形象，用细致的笔触，幽默的讽刺，对这一时代富有代表性的军政人物，作了真实的刻画，深刻地反映了晚清封建统治的腐败，表现了诗人对此的无限感慨。全诗共七段。首句至"今作将印悬在腰"为第一段，从吴大澂自告奋勇出关抗日写起，点明得到度辽将军印的原由和度辽的高兴情景。“将军向者曾乘传”至“恨不遇时逢一战”为第二段，倒叙甲午之战前吴大澂出兵朝鲜、驻防吉林所立下的旧功，为度辽作战作张本，末句反托出下一段的出关。“雄关巍峨”起至“为我勒碑铭燕然”为第三段，写出关时岁朝大会部将时大澂的一番壮语，实是作者调侃之笔。“幺么鼠子”至“七纵七擒计”为第四段，写大澂对敌人所作的狂肆自大语，也是调侃之笔。“两军相接”四句为第五段，正面写吴军作战，经不得敌人一击便全军崩溃的狼狈相，归到“腰间印未失”，而大澂犹以为“幸”，仍然是调侃之笔。“将军终是察吏才”至“毁家报国臣所愿”为第六段，写大澂厚颜回湘，藉捐献一些古物充岁币以自掩饰。“燕云北望”至末句为第七段，燕云北望、辽东浪死，托为大澂的忧愤以表示作者的忧愤；时出汉印不释手，是对大澂的毫无心肝作呵斥。全诗是作者论诗所揭橥的“用古文家伸缩离合之法以入诗”的实践；通篇大量运用典故及古代词语而融化不着痕迹，举重若轻；用顺叙、倒叙、详写、概括等手法以外，“雄关巍峨高插天”奇峰突起，大笔一振，格局便不入于平衍。开端和后幅反复使用“将军”字凡四处，这是《史记·平原君列传》连用“先生”，《魏公子列传》连用“公子”的手法。特别是悲愤之思，出以突梯滑稽之笔，以“印”为线索，前幅则“平时搜集得汉印，今作将印悬在腰”，中后幅则“弃冠脱剑无人惜，只幸腰间印未失”，结尾连用三“印”字绾合，趣极妙极又愤极。王蘧常《国耻诗话》谓“读之令人啼笑皆非，可为好大喜功无实才者戒”。左舜生曰：“公度写这首诗，庄谐杂出，把吴大澂形容得淋漓尽致，而一字一句又确系根据当时的事实，在公度写中日战争的各篇中，更允推杰作。”我以为不仅是中日战争诗史中，允推杰作，实为《人境庐诗草》中七古压卷之作。

沈曾植(1850—1922)

字子培,号乙庵,晚号寐叟,嘉兴人。光绪进士,官至署安徽布政使。有《海日楼诗集》。曾植为晚清同光体主要作家,其诗艰深奇奥,力避平庸,为学人之诗的典型。张尔田称"其于诗也,不取一法,而亦不舍一法,其蓄之也厚,故其出之也富。叟之诗,今之东坡(苏轼)、山谷(黄庭坚)也"。

偕石遗渡江①

湍深刚避鹄矶头,② 望远还迷鹦鹉洲。③
残腊空舲容二客,④ 清江晓日写千愁。
刚肠志士丹衷在,⑤ 壮事愚公白发休。⑥
只借柏庭收寂照,⑦ 四更孤月瞰江楼。⑧

【注释】

①石遗:陈衍字。衍,侯官人,光绪举人,为同光体诗之宣扬者。光绪二十四年(1898)戊戌五月,曾植应湖广总督张之洞之聘,主讲武昌两湖书院史席,寓居武昌,陈衍亦于是年来武昌参之洞幕府,任官报局总编纂。这年十二月,二人同渡江访郑孝胥于汉口,时郑以总办芦汉铁路局差在汉。二人过江宿孝胥铁路局楼上,约暇时相督为诗。 ②鹄矶头:指黄鹄矶,旧在江夏郡城(今武昌)西南角蛇山西端,下俯江流。 ③鹦鹉洲:在

湖北汉阳县西南江中。后汉末，曹操欲害祢衡，而假手于他人。送衡至江夏太守黄祖处，祖长子射大会宾客，有人献鹦鹉，衡为赋，洲因以为名。后衡为黄祖所杀。此洲明末已渐沉没，今存鹦鹉洲在汉阳拦江堤外，乃清乾隆时新淤所成。 ④残腊：腊月的尽头，犹残冬。舲：小船。 ⑤刚肠：性格刚直。嵇康《与山巨源绝交书》："刚肠疾恶。"丹衷：犹丹心，赤诚之心。 ⑥壮事：犹壮志。《国语》："既无老谋而又无壮事。"愚公：传说中移山的老人。见《列子》。 ⑦柏庭：语出《景德传灯录》："问如何是祖师西来意，师曰：不可向汝道，庭前柏子树。"指佛境。寂照：佛家语。《楞严经》："湛然寂照。"佛家谓理体曰寂，智用曰照，体用双举，称寂照。 ⑧"四更"句：化用杜甫《月》诗"四更山吐月，残夜水明楼"句意。瞰（kàn），俯视，远望。

【品评】

此诗表面是渡江访友一般的即景抒情诗，其实诗中抒写的是对这年戊戌政变中殉难的爱国志士的哀悼和怀念。上半首写景，景中寓情；下半首重在抒情，情中有景。作者在光绪二十一年乙未，曾发起开强学会于京师，是维新运动的赞助和参加者。上年丁酉，丁母韩太夫忧，本年回乡后应张之洞聘来武昌讲学，幸免于八月北京政变的牵连；陈衍于戊戌三月曾由武昌入京，发表《戊戌变法榷议》十条，也是同意变法的人物。八月政变后，仍入张之洞幕。"空舲容二客"，显得可以容身之地，是多么小得可怜。这诗首二句写渡江，而以祢衡被杀害故事有关的鹦鹉洲作点染，望去迷迷惘惘，暗寓着戊戌政变后形势的险恶，否则渡江访友，何至于要"写千愁"呢？五句"刚肠志士"，便直捷写戊戌政变中殉难的六君子，伤悼并表扬他们身虽死而爱国之心终古不灭，即《楚辞・九歌》"身既死兮神以灵，子魂魄兮为鬼雄"之意。六句"壮事愚公"转入自己和陈衍，"白发休"是反语，真意是到老不能休。七句借用佛典，强自排遣，意谓在混浊的世上，还是收心于佛学为好，作者四十岁前后即从事于佛学的探讨，这里透露一些逃佛思想，不足为怪。八句借景物表现对光明的憧憬，并不退居于消极。曾植诗奥邃者多，而此首则颇如陈衍《沈乙庵诗序》中所说，是属于“时复清言见骨，诉真宰，泣精灵”的作品。

释敬安(1851—1912)

字寄禅,别号八指头陀,俗姓黄,湘潭人。十八岁出家,住持各名刹,最后为鄞县天童寺方丈、中华佛教总会会长。有《八指头陀诗集》。敬安早与王闿运诸人游,加入碧湖诗社。后广交海内名流,诗宗唐人,叶德辉称其"诗格骀宕,不主故常,骎骎乎有与邓(辅纶)、王(闿运)犄角之意"。

梦洞庭[①]

昨夜汲洞庭,[②]君山青入瓶。[③]
倒之煮团月,[④]还以浴繁星。
一鹤从受戒,[⑤]群龙来听经。
何人忽吹笛,使我松间醒。

【注释】

①洞庭:在湖南省北部,长江南岸,中国著名的大湖。 ②汲:汲取。汲洞庭:谓梦中以瓶汲取洞庭之水。 ③君山:在湖南省洞庭湖中,又名湘山。 ④倒之:谓再把瓶中之水倒出。团月:圆月。 ⑤受戒:佛教信徒出家为僧尼,要在师傅前落发受戒。

【品评】

此诗作于宣统元年(1909)己酉,作者已五十九岁,下距圆寂，仅有三年，可以看到作者晚年诗境的更加成熟，更加高超。他在这里，以奇特丰富的想象，描绘梦游洞庭的异景。一起写夜来汲洞庭之水，已奇了，竟连青秀的君山也被汲入瓶中，更奇。再把瓶中之水倒出来，用以烹煮水中的圆月，这是第三奇。圆月怎好烹煮？因为那是落在水中的月影么，戏剧中张生还曾煮海，那么煮湖水中之月，有何不可。圆月既可以在湖水中煮，倒出来的湖水，还要用来给数不清的星星沐浴，因为星星的影儿是在水中，这是第四奇。这四个层次的奇，都是就湖水而想的。诗的后半幅，拓开境界。来相从受戒的只有一鹤，显得僧徒的孤高，托出作者的地位；来听经的却有群龙，"群"与"一"对，显得佛教影响的广泛。前句幽寂孤敻，后句光怪陆离，融于统一的境界中，这是第五、第六奇。一鹤群龙都是具体的，最后再开拓出去，忽然听到笛声，却不知是什么人，笛声唤我在松间醒来，回应了首句昨夜的梦，可谓奇外出奇。贯穿于全诗中的，是一个活动着的高僧即作者自己。陈诗称誉此诗"超然物外，飘逸不群，可称杰作"。

陈三立(1852—1937)

字伯严，号散原，义宁人。光绪进士，官吏部主事。协助其父湖南巡抚陈宝箴创办新政，变法失败，被革职。有《散原精舍诗》、《续集》、《别集》。三立为同光体江西派诗人首领，其诗清奇拗涩，自创境界。郑太夷谓其“莽苍排奡之意态，卓然大家”。梁启超谓其“于唐宋人集中罕见伦比”。

短歌寄杨叔玫，时杨为江西巡抚令入红十字会观日俄战局[①]

海涎千斛鼍龙语，[②]血浴日月迷处所。
吁嗟手执观战旗，红十字会乃虱汝。[③]
天帝烧掷坤舆图，[④]黄人白人烹一盂。[⑤]
跃骑腥云但自呼，[⑥]而忘而国中立乎！[⑦]
归来归来好头颅。

【注释】

①江西巡抚：时任江西巡抚者为夏旹。日俄战局：日本和帝俄为重新分割中国东北和朝鲜而进行的帝国主义战争，战场主要在中国东北境内。1904 年 2 月 8 日，日本突然袭击俄国在中国旅顺口的舰队。10 日，日俄宣战，战争爆发。次年 1 月，日军攻占旅顺口；3 月，又在沈阳附近击溃俄国陆军主力。5 月，

日军又取得对马海峡海战胜利。后经美国调停，两国签订了《朴茨茅斯和约》，由日本代替帝俄在中国东北的支配地位。战争爆发后，清廷即宣布中立。此诗所记，系日俄海战。此诗据《散原精舍诗》编次，作于光绪三十年甲辰（1904）农历二月。 ②海涎：海水。斛：容量单位，古代以十斗为一斛。千斛，言其多。鼍（tuó）龙：动物名，亦称“扬子鳄”，这里比喻日俄二军。 ③虱：寄生。这里是夹杂其间之意。 ④坤舆图：本指地图，这里指大地。这句描写战火纷飞的情景。 ⑤黄人：指日本军队，属黄种人。白人：指俄国军队，属白种人。盂：盛饮料的圆口器皿，这里喻海。烹一盂：在同一盂内烹煮，比喻战火激烈。 ⑥“跃骑”句：指观战的中国人。 ⑦而国：你的国家，指中国。而，代词，你，你的。

【品评】

此诗收于宣统二年（1910）正月商务印书馆代印本《散原精舍诗》卷上，这一代印本，即是初印本。不知何故，这一篇陈三立数得着的杰作，在以后商务印书馆排印出版的《散原精舍诗》里，却已被删掉了。这诗用光怪奇诡的笔触，丰富的想象，诸如海涎狂沸、鼍愤龙愁的惊心动魄形象，“血浴日月”“天帝烧掷坤舆图”“黄人白人烹一盂”等天昏地暗、神焦鬼烂的惨景，描绘了战火纷飞的激烈场面。面对清王朝的“中立”立场和国人在手执红十字旗的观战中“跃骑腥云但自呼”的麻木状态也表达了无限的愤慨和伤痛。时代精神鲜明，爱国感情强烈。全诗情辞沉痛，设喻奇创，构思新颖。三立诗虽胎息于黄庭坚的江西派，但时代不同，这种作品，其思想性和艺术性，宋代江西诗派作品都是无法与之比拟的。无怪郑太夷为《散原精舍诗》作序，称“伯严之作，至辛丑以后，尤有不可一世之概，源虽出于鲁直（黄庭坚）”，“未可列之江西社里也”。

寄调伯弢高邮榷舍[①]

闻过津亭傍胜区，[②]唱筹挝鼓捋髭须。[③]
露筋祠外千帆尽，[④]税到江头鸥鹭无？

【注释】

①伯弢：陈锐的字。锐，湖南武陵人，光绪举人，官江苏试用知县。锐为王闿运弟子，后期律体诗亦仿陈三立。高邮：江苏省高邮市。榷舍：旧时征收厘金的卡子。　②津亭：渡口的关卡，指榷舍。胜区：名胜地。　③唱筹：高呼数字。筹，筹码，计量用。挝：击，敲。捋：摩。　④露筋祠：见王士祯《再过露筋祠》注①。

【品评】

此诗作于光绪三十年（1904）甲辰夏，共二首，此选其一。全诗反映了在清丽如画的“胜区”，榷吏收税时得意洋洋而百姓遭殃的现实，寄托了作者对晚清吏治腐败的无限愤慨，诗以胜景衬哀，倍增哀感。末句“税到江头鸥鹭无”的一问，逼出当时巧立名目的种种苛捐杂税害得百姓立锥无地的答案。伯弢是作者的诗友，诗题曰“调”，明明是调侃、开玩笑，不是真的指责伯弢是贪吏。但清政府遍地设关卡，榷吏并非个个像伯弢，即使在一个榷舍中，像高邮那样较大的关卡，榷吏也不止一个。毕竟贪吏多而廉吏少，此诗借调侃伯弢以斥责较多的贪吏，就显得用意的深刻了。何绍基《东洲草堂诗钞》中，也有“湘省厘捐薪水宽”，“坐卡如斯况做官”的诗句，那还是设卡初期时的情况，到三立写此诗时，积弊已深，百姓处于水深火热之中，诗人不得不用诗笔来大张挞伐了。

范当世(1854—1904)

字无错，后字肯堂，南通人。岁贡生。有《范伯子诗集》。当世诗宏肆瘦硬，兼学苏轼、黄庭坚，为同时宋派诗人所推崇。吴闿生选《晚清四十家诗》，以当世冠首。姚永概称“其诗震荡开阖，变化无方”。金天羽称“范肯堂贫穷老瘦，涕泪中皆天地名物”。

过泰山下①

生长海门狎江水，②腹中泰岱亦峥嵘。③
空余揽辔雄心在，④复此当前黛色横。
蜿蜒痴龙怀宝睡，⑤蹒跚病马踏砂行。
嗟余即逝天高处，开阖云雷傥未惊。⑥

【注释】

①泰山：见李梦阳《泰山》注①。　②海门：作者家乡南通，清时为海门县。狎：玩。　③泰岱：因泰山古又称岱宗，故云。　④揽辔：语出《后汉书·范滂传》：“滂登车揽辔，慨然有澄清天下之志。”后因以揽辔谓有澄清天下的抱负。辔，御马之索。　⑤痴龙怀宝：神话传说，洛中有洞穴，有人误坠穴中，见有大羊，羊髯有珠，取而食之。后出以问张华，华曰：“此痴龙也。”见《法苑珠林》引《幽明录》。　⑥“嗟余”二句：谓自己即使登上泰山绝顶，脚下的云雷开阖，大概也不足使我惊心。傥：通“倘”。

【品评】

此诗作于光绪十一年(1885)乙酉十月,抒写途经泰山之感。全诗融情于景,虚实相生。起首倒转用苏轼《游金山寺》诗“我家江水初发源,宦游直送江入海”句意,接着便转入“腹中泰岱亦峥嵘”,掷笔空中,具有高屋建瓴之势,能总摄全局。通过对泰山峥嵘气象的赞颂,“腹中”“亦”更显示了诗人的抱负。第三句快速转入到“空余揽辔雄心”欲澄清天下而志未得展的感慨,第四句又跌落到眼前的泰山。五句紧承第四句写冬山如睡的景物,因为不是一般的冬山而是泰山,故运用了“痴龙怀宝”的典故,诗句便辐射出异样的光芒,眩人心目。特别是“怀宝”而“睡”,隐喻自己的怀才未遇,报国无门,与第三句紧紧扣住。结二句一放一收,一句一折,抒写面对复杂动荡的时势不为“云雷”所动的豪壮胸襟,“天高处”也含期望将来“雄心”得遂,身居高位为国效力之意。这种结笔,是从杜甫《望岱》诗末二句“会当凌绝顶,一览众山小”化出。全诗八句,语势拗折,大气盘旋,举重若轻,体现了姚永概所称诗人作品“硬语盘空”、“震荡开阖”的艺术特色。李刚己日记载伯子自评曰:“此等题无他难,但若将泰山看得绝大而求为震撼之词,则便竭蹶支持,不能佳矣。”又曰:“我诗何足与杜公比伦,要其一起一收,规模颇好,中四句亦蹈大方也。”

文廷式(1856—1904)

字道希,号芸阁、纯常子,萍乡人。光绪进士,官翰林院侍读学士。为赞助德宗亲政,支持康有为发起强学会,被慈禧太后革职。庚子岁曾东游日本。有《文道希先生遗诗》。廷式博学,论诗不专主唐宋,于清一代诗多所不满。自作时有新意,反映时事。

夜坐向晓 选一①

遥夜苦难明,他洲日方午。②
一闻翰音啼,吾岂愁风雨。③

【注释】

①诗共四首,此为第二首。 ②他洲:指美国。美国处在西半球,而我处在东半球,昼夜相反。 ③“一闻”二句:翰音,指鸡鸣。这二句参用《诗·郑风·风雨》“风雨如晦,鸡鸣不已”之意。

【品评】

此诗作于光绪二十二年(1896)丙申冬至后。是年春,作者因劝说德宗变法,反对慈禧太后,被削职逐出北京。当时中国社会如处在冻云密布的长夜之中,不见光明。作者遥想美国,日正当午。以为美国的政治也如日方中,与清王朝成为鲜明的对照。由此表达了自己对资产阶级民主制度国家的向往。忽听鸡鸣，久久企望，相信云雾必将散去，黎明终当来临。作者巧妙地运用地球自转、昼夜变化之理，表现出对中国黑暗、落后，被侵略之忧虑，并对变革中的风风雨雨表现了雄鸡独唱无所畏惧的感情。诗作可谓黑暗中之明星，二十字抵人千百。东西两半球昼夜相反之理，在作者同时，其他作家也有写到的，如易顺鼎《喷雪亭瀑》句："力穿深潭九州破，对足或抵欧罗巴。"（陈衍《石遗室诗话》云："对足当抵美利坚，非欧罗巴。"）黄遵宪《八月十五夜太平洋舟中望月作歌》句："九州脚底大球背。"都没有什么新的寓意。黄遵宪《今别离》第四首全篇，也不过借以写相思爱情，并不能与此诗相匹敌。

刘光第(1858—1898)

字裴村,富顺人。光绪进士,戊戌变法,以四品卿军机章京参加,政变作,被害,为戊戌六君子之一。有《介白堂诗集》。其诗宗阮籍、谢灵运、李白,大要法唐人,内容突出感时与写景二种,精严粹美,思路迥不犹人。胡先骕评为戊戌六君子之冠。

华严顶①

闻说金刚台外地,②夜灯浮上独兹峰。③
老猿抱子求僧饭,④闲客看人打佛钟。
下界云霞招杖履,⑤夕阳红翠动杉松。
风吹铎语天中落,⑥似惜尘凡去兴浓。⑦

【注释】

①华严顶:在四川峨眉山云窝上,上有古刹,曰玉皇亭。 ②金刚台:峨眉名胜之一。 ③夜灯:指在峨眉山顶上看到的"神灯",是一种自然现象,旧时迷信,以为佛灯显现。独兹峰:谓只有在峨眉山华严顶才能见到。 ④"老猿"句:华严顶一带,为猴群栖居处,常沿路边甚至入寺向游人、僧人索食。 ⑤"下界"句:谓峨眉山的云海招引了无数的游客,包括作者在内。下界,佛教指人世,与"上界"相对。这里谓在峨眉山顶看云海,云海在下面,故称下界。杖履,拐杖和鞋,指游客,

包括自己。 ⑥铎语：佛寺铃声。铎(duó)，古代乐器，形似钲而有舌，是大铃的一种。 ⑦尘凡：凡人所居的地方，与“佛境”相对而言。

【品评】

光绪十年(1884)甲申春，刘光第赴成都归，主讲赵化镇文昌书院。端午节偕同宗弟庆堂游峨眉，成纪游诗四十余首。在这一组大型山水系列诗中，作者以其超人的才力，别具手眼，尽情地雕绘并歌颂了大自然的壮美。风雷雪月，岩湍云水，草树禽兽，一经入作者之笔，无一不瑰异奇诡，尽镌刻造化之能事。胡先骕评之曰：“《介白堂诗》最精之作，为其峨眉纪游诗。”“古来作者咏山水之作，殆未有若此者。惟太白兴到之作仿佛似之耳。故即有此一卷峨眉诗，已足藏之名山，传之无穷。仅就写景一端而论，《介白堂诗》已不难独步千古也。”这里选《华严顶》七律，与作者其他峨眉诸诗荒怪奇伟者相较，是比较清丽的一首。一起从“闻说”写起，点明华严顶独特的神异景观，是虚写，并非此时的目见。三、四句以下，便实写登山的目睹。老猿不害怕人，与僧徒亲密到抱子索食，这在其他名山是不曾见的，平平写来，平凡中有奇特。闲客写入游人的本人，非“闲”则何暇来游，“闲”到“看人打佛钟”，可说是写得足。全诗奇丽之处，在五、六两句，可比于唐代小李将军的着色画，而作者的形象也在其内，可算是诗中有画，画中有人。最后以寺院铎声催晚，步上归程作结，意带惋惜，余味不尽。

康有为（1858—1927）

原名祖诒，字广厦，号长素，又号更生，南海人。光绪进士，官工部主事。参加“百日维新”。戊戌政变起，逃亡国外。民国时，曾发动“复辟”。有《南海先生诗集》。其诗多反映国家大事及海外壮观之作，风格雄肆，有独创性。梁启超把他和金和、黄遵宪并称为“元气淋漓，卓然称大家”。

过虎门①

粤海重关二虎尊，②万龙轰斗事犹存。③
至今遗垒余残石，白浪如山过虎门。

【注释】

①虎门：在今广东东莞市，争珠江三角洲东南侧，扼狮子洋外口，为珠江主要出海口。鸦片战争时，虎门置炮台。 ②二虎：指大、小虎山，在珠江出海咽喉的穿鼻洋。 ③万龙轰斗：鸦片战争中，清水师提督关天培镇守虎门炮台。道光二十一年(1841)辛丑二月二十五日，英国侵略军集结主力，进攻横档及虎门两炮台，关天培率四百余名官兵奋勇抵抗，一面向两广总督琦善求援，但琦善拒不发兵，关天培孤军奋战，弹尽援绝，四百余人全部壮烈牺牲，关天培亦当胸中炮，以身殉国。

【品评】

此诗作者于光绪十三年(1887)丁亥,途经虎门时,为凭吊在虎门死难的关天培而作。关于关天培血战英军壮烈殉国的诗,以鲁一同《重有感》中“披发何人诉上苍”一首最为出色,沉郁苍凉,英气恍惚,足为诗史生色。鲁一同的诗是作于关天培殉国的时候,康有为此诗,则是途过虎门,凭吊往事而作,上距战时,已隔四十六年,然而作者出于爱国精神的激发,诗写得那么虎虎有生气。首句点明虎门形势,已是气概轩昂。次句追忆关天培与英军作战时的场景,凝聚为“万龙轰斗”四字,真有龙战玄黄,百灵狂沸的奇观,鲁一同《重有感》所写“孤舟百战久低昂”,“扬灰风疾海茫,神光金甲分明见,喋血衔须下大荒”等惊心动魄、英灵飒爽的好语,作者却用四字匹之,可谓大手笔。对遗垒的凭吊,用不着一字的手法,结以“白浪如山”的当前景物,不仅表现诗人履险如夷的气度,还暗示着当时国内外形势,未必一定风平浪静,可以高枕无忧。

俞明震(1860—1918)

字恪士，号觚庵，山阴人。官至甘肃提学使。入民国，为肃政使，谢病归。南京青溪、杭州南湖都有宅，往还其间。有《觚庵诗存》。明震为晚清宋诗派代表作家之一。陈三立称其“感物造端，摄兴象空灵杳蔼之域”。陈衍称其“度陇后所作，则工力甚深，苏堪(郑孝胥)所谓得杜味者”。

宿凉州①

云与雪山连，不知山向背。
残日在寒沙，婉娈得月态。②
群羊去如水，远色倏明昧。③
此景夙未历，④垂老临绝塞。
地远古愁多，草枯残垒在。
天山一线脉，⑤盘旋走关内。
流泉满驰道，千里有灌溉。
巍然古重镇，四郊如拥戴。
风吹大月来，南山忽沈晦。
莽莽天无垠，静与长城对。

【注释】

①凉州：清府名，治所在今甘肃省武威县。 ②婉娈：年少美好貌。这里形容月光。 ③倏明昧：忽明忽昧。 ④夙：往

昔。　⑤天山：横贯我国新疆中部的大山系。

【品评】

此诗为作者在宣统三年(1911)赴甘肃提学使任，九、十月间作于凉州。作者度陇诗篇，为《觚庵诗存》中最精彩最突出的部分，此篇可以作为代表。以如椽大笔，描绘了“垂老临绝塞”所见的塞外风光，盘郁苍凉，开拓了前人笔下所罕见的境界。作者早期，浮沉京师，后官江南，官台湾，官江西，所作未臻成熟。辛亥度陇之行，是一大的转折点，《阌乡宿黄河堤岸》所谓“遭时苦踯躅，十年江海滨。沉忧斗靡丽，厌作东南人。此行入苍莽，翻觉眼底新”者就是。这首《宿凉州》，从黄昏前写到黄昏后，以“山”和“月”前后对写，前幅写山与云浑茫一片，向背难分，月尚未出，而沙中落日，像月色一样美好，天色尚未昏黑，远景还可于忽明忽暗间看到，中间插一句“群羊去如水”那种画所不到的动景，可谓神来之笔，唐人边塞诗所未道。“此景夙未历”以下，接入即景抒怀的中幅。突出天山山脉的雄伟气魄，流泉灌溉的经济效益，归结到凉州重镇，“四郊如拥戴”的重要形势，扣住题目。“巍然”十字，骨重神寒，力透纸背。末幅四句再写山与月。山是南面的山，与前幅向背不明的山相对；月是天上“吹”来的实在的月，与前幅残日得月态虚拟的月相对；时已沈晦，与前幅忽明忽暗的远色相对。最后落到“莽莽天无垠”，与起句“云与雪山连”相照应。静对长城，有作者身影在内，落到题目的“宿”，宿未必入睡，看来作者对着长城，心情是久久不能平定的，“静”不过是形容四围气氛的死寂。诗作可谓结构严密，风格雄伟。

丘逢甲(1864—1912)

字仙根,号仲阏,别号仓海君,台湾彰化人。光绪进士,官工部主事。甲午之战失败,清廷割台湾给日本,逢甲为义军大将军,守台中抗日,兵败内渡,回原籍广东镇平。辛亥革命,赴南京,被选为中央参议院议员。有《岭云海日楼诗钞》。其诗饱含爱国主义精神,并能开拓新境界,风格以悲壮雄迈为主,兼清丽婉适。黄遵宪称为"真天下健者"。逢甲自负:"二十世纪中,必有刻黄丘合稿者。"

西贡杂诗 选一①

金碧楼台眼界新,竟将工巧诧西人。②
竹篱茅舍清江上,几树幽花本色春。

【注释】

①西贡:安南大城市名,即南圻十道之嘉定,东临西贡河。今为越南南部的胡志明市。 ②西人:指西方法国殖民主义者。

【品评】

此诗作于光绪二十六年(1900)庚子,丘逢甲游历南洋时经此,共十首,所选原列第十首。时安南已沦为法国殖民地,诗从居住情况的描绘中,揭示了侵略者与被侵略者的对立,表示了诗人对在法国殖民主义者统治下的安南人民的同情。作者诗末自注:“法人所居,洋楼骈列。而越人草屋数间,仍如故制。”上半首写眩人眼目的法国人的金碧楼台,写他不过是向越人夸示一番能工巧艺,使越人惊诧;然而越人并不曾为这些西方的物质文明所吓倒,依然过着竹篱茅舍的穷生活,对着几树幽寂的花朵,认为这才是不曾走样的本色春光。这里写越人对旧时生活的执著,正是一种爱国感情的体现,而过去康乐的越人,现在只有茅草屋可住,自然景物好领略,正是由于法国殖民主义者敲骨吸髓残酷迫害所造成。因此,这一首即景描绘、不加议论的诗,正是宣扬爱国主义思想的杰作。如果拙劣地写成口号式的东西,还成什么艺术品。至于此诗首句和后部分的对照,前半如仇英工笔着色画,绚烂夺目;后半如倪瓒的淡墨逸笔,不施粉黛,这样加强了艺术的吸引力和感染力。

韩江有感①

道是南风竟北风,②敢将蹭蹬怨天公。③
男儿要展回天策,都在千盘百折中。

【注释】

①韩江:江名,在广东省东部,上中游多峡谷险滩。 ②南风、北风:象征不同的政治势力。 ③蹭蹬(cèng dèng):路途险阻难行,比喻失意。

【品评】

此诗作于光绪三十三年(1907)丁未。作者自乙未内渡,定居镇平祖籍后，未尝一日忘怀救国大事，历经曲折。丙申五月赴广州，以邑有劣绅土豪，朋比欺凌，不得已上诉奔波。丁酉，潮州知府李士彬请其主讲韩山书院，专以新思潮及有用之学课士，被目为异端，遭当道忌，岁终辞去。戊戌，主讲潮阳县东山书院，仍不变其讲学立教之旨。庚子游南洋，与保皇会、兴中会诸志士联系。辛丑春，创办岭东同文学堂于汕头，自任监督，提倡新文化，以革命维新鼓励士气，辛亥革命时岭东之义士多孕育于此。癸卯，地方不肖，故向学堂捣乱，逢甲乃告退，向广州奔走，谋扩大发展新教育。甲辰回镇平，以内忧外患日急，益积极兴学，影响及于福建、广东各地。因清廷日益腐败，振作无望，故自此渐倾向反清革命。作此诗以前，其为救国事业奋斗的经过如此。此诗作者直抒胸臆，将抒情与议论融为一体，揭示了拯救祖国危亡之不易和事在人为的至理，说明在黑暗年代，立志救国的志士，道路往往是曲折的。要拯救祖国危亡，振兴中华，决不是一帆风顺的。诗中抒发了作者不畏“千盘百折”、决心“要展回天策”的抱负。短短二十八字，内容深广，凝炼盘折，振奋人心，是思想性和艺术性相结合的好诗。

曾广钧(1866—1929)

字重伯,号觙庵,别号旧民,湘乡人。曾国藩之长孙。光绪进士,由翰林院编修官至广西知府。有《环天室诗集》、《后集》、《外集》、《支集》。广钧少时,王闿运称为圣童,并称为"湘中又一家","湖外数千年,唯邓弥之(辅纶)得成一家,重伯与骖而博大过之"。沉博绝丽,排比铺张,是其所长。

携眷登南岳观音岩作①

宝山珠殿插青天,万朵红莲礼白莲。
一片空岚罩云海,全家罗袜踏苍烟。②
烧香愿了花侵马,礼佛人归月上弦。③
更忆海南千叶座,④天风引舰近真仙。⑤

【注释】

①南岳:衡山,在湖南省中部。观音岩:衡山十五岩之一,在衡山半山亭附近。 ②"全家"句:李商隐《病中早访招国李十将军遇挈家游曲江》:"家近红蕖曲水滨,全家罗袜起秋尘。" ③月上弦:农历每月初八、初九时,看到月球西边的半圆,这时的月形称"上弦"。弦以月形如弓而得名。这里是借用,"上"乃动词。 ④千叶座:佛教称观音居普陀山,足踏千瓣莲花,故称。 ⑤真仙:佛、菩萨有大觉金仙之号,故这里称观

音为真仙。

【品评】

此诗为纪游之作，写作者站在观音岩上，俯视群山环拱，似万朵红莲向白莲顶礼膜拜。第一句掷笔空中，把“宝山珠殿”写为上插青天，有异样色彩和千钧力量。南岳神为赤帝，故第二句以红莲称南岳群峰；佛教称观音为白衣大士，其塑像穿白衣，故以白莲称观音岩。比拟新创而壮美，然实从白居易“半采红莲半白莲”句化出，然窑变观音，反远出白诗之上。三、四句写“携眷”游山。化用李商隐诗，逸气飘然。后半首写烧香已毕的归途，追忆旧日乘舟游览南海普陀山，恍若步入灵境，接近金仙的景况。全诗提挈万象，仰空而游，不同凡响。狄葆贤《平等阁诗话》云：“旧民氏‘万朵红莲礼白莲’句盛传于世，殆如‘庭草无人’、‘满城风雨’之脍炙人口。”

陈曾寿(1878—1949)

字仁先，蕲水人。光绪进士，在清历官至都察院广东道监察御史。有《苍虬阁诗集》。曾寿为陈沆曾孙，其诗精严粹美，陈衍称其兼“韩(愈)之豪、李(商隐)之婉、王(安石)之道、黄(庭坚)之严”。自成一家，不同于近世墨守宋人者。集中咏松、菊及山水之作，最称杰出。

八月乘车夜过黄河，桥甫筑成，明灯绵亘数里，洵奇观也①

飞车度险出重扃，②箭激洪河挟怒霆。
万点华灯照秋水，一行灵鹊化明星。③
横身与世为津渡，④孤派随天入杳冥。⑤
地缩山河空险阻，⑥朝来应见太行青。⑦

【注释】

①郑州黄河铁桥，建成于光绪三十二年(1906)，是黄河上出现的第一座大铁桥。　②重扃：形容重山叠嶂。扃，门户。　③灵鹊：用牛郎织女鹊桥相会的传说。《风俗记》：“七夕织女当渡河，使鹊为桥。”这里以鹊桥喻铁桥。化明星：指桥上灯火。　④津渡：渡口。这里指桥，并指桥的作用。　⑤孤派：单独一支，指黄河。杳冥：渺茫无际。　⑥地缩：由于铁路的建成，方便了各地交通来往，犹如缩短了地区之间的距离。空险

阻：即使有险阻，也是徒然。 ⑦太行：太行山。

【品评】

此诗为作者于宣统元年（1909）己酉初秋乘火车北上途经郑州黄河铁桥时作。作者以无限欣喜之情，用旧体诗的形式状写当时出现的新事物，将古老黄河和新兴铁桥的描绘融而为一，贴切自然。一起如骏马奔腾而来，把黄河上激起的巨浪，用“箭激”状其快速，用“挟怒霆”状其轰响，写得有声有色，气势百倍。然后运用七月初七灵鹊搭桥的优美传说和“万点华灯照秋水”的实景描述，形象展现了铁桥之夜的奇丽景色。更进一步，对大桥建成给人们带来便利这一科学技术的发展，抒发了由衷的赞美。“横身与世为津渡”一句，既切桥，也有作者要献身于世、普渡生民的积极思想蕴含其中。“孤派随天入杳冥”，写桥以后又写河，寓有自己只身奋斗之意。最后又拓开一境，以“朝来应见太行青”这一光彩夺目的景象收束。这里也有寓意，“地缩”句谓一切困难可以克服，不在话下，来朝见到太行青翠，象征祖国未来的光明，已在眼前。末句用语本于作者曾祖父陈沆《甲戌南归道中作》“朝见大行青，暮见大行碧”，可见其家学渊源。

苏曼殊(1884—1918)

名戬,字子谷,后更名玄瑛,僧号曼殊,广东香山人。生于日本横滨,父是旅日侨商,母是日本人。1888 年随父归国,二十岁出家为僧,曾参加南社。有《燕子龛诗集》。其诗纯属抒情之作,以七绝居多,轻清隽永,茜丽绵邈,间有俊逸豪放之作。

有　赠①

春雨楼头尺八箫,②何时归看浙江潮?③
芒鞋破钵无人识,④踏过樱花第几桥?

【注释】

①此诗初题作《有赠》,刊于宣统元年十二月(1910 年 1 月)出版的《南社丛刊》第一集。宣统三年十二月出版的《南社》第三集中,此首与另外九首合在一起,改题为《本事诗十章》。　②“春雨”句:作者自注:“日本尺八与汉土洞箫少异,其曲有名《春雨》,殊凄惘。日僧有专吹尺八行乞者。”又曼殊《燕子龛随笔》:“日本尺八,状类中土洞箫,闻传自金人,其曲有名《春雨》,阴深凄惘。”　③“何时”句:浙江,钱塘江,其农历八月十八前后的潮水,以其声势浩大,名闻中外。光绪三十四年(1908)戊申秋,曼殊曾养病杭州,故这里有“归看浙江潮”之语。　④“芒鞋”句,谓自己出家为僧,不再有人认识自己了。

【品评】

此诗宣统元年(1909)己酉春作,时作者与陈独秀同住日本东京神田清寿馆。关于此诗的写作对象,说法有四:一认为是写日本艺伎百助眉史的,柳无忌《苏曼殊及其友人》:“曼殊的《本事诗十章》,全为百助而作。”柳亚子也持此说。二认为“静子(曼殊的表妹,已故情人)是百助的影子”(罗建业说)。三认为其中有些是写“静子”的(熊润桐说)。四认为是“写一种理想的情人”(周作人说)。评论家倾向于第一说。此诗前二句,由在异国听到与汉乐器洞箫相似的日本尺八吹奏的《春雨》而勾起对祖国的思念。后二句设想自己久居异国的现在到以后旅程,反衬故国之思的强烈。诗意蕴藉含蓄,诗情凄婉怅惘,作者自我塑造的诗僧形象,活现纸上。